ハネムーン

蜜月旅行

BANANA
YOSHIMOTO

[日]
吉本芭娜娜 —————— 著

上海译文出版社

张唯诚 ————————— 译

谨以此书献给芭利子

目录

真加的院子

　　我从小就喜欢自家的院子。它并不是那么大，但和房子一比，面积就算很大的了。

　　母亲喜好园艺，院子里种有好几样可供食用的植物，点景石交错成趣，还有各个季节开花的树木，院子因此面貌多种多样。

　　这小小的世界里也有几处能令我放松的地方，我珍爱它们。做孩子时，我不是一屁股坐下就是和衣躺倒；不久长大了，便规规矩矩地铺好坐垫带上饮料，得空就往那里闲坐。"老这么坐着，她也不嫌腻烦。"父母和裕志都这样说，而我的确没觉得腻烦。我坐着，望望头上辽阔的天空，看看脚下的青苔和蚂蚁，而当再一次抬头望天，却发现云的位置和天空的颜色已经变换——世界就这样一点一点在变化，望着望着，不多会儿，眼光已落向爬到手上的阳光，就是这种感觉！时间它飞逝而去，令人害怕。

景致居然长年未变，身处其中，我有时竟忘记了自己的年龄。我坐在地上，靠着一块很大的点景石，照例轮番抬头看那天空、硕大的枝条、叶片，然后低头看蚂蚁、小石子和泥土，这样一来，我连自己的大小也忘了，只顾得高兴。

偶尔，母亲出外购物或者父亲回家得早，他们会看到我坐在院子里。通过这幅影像，他们知道，晴朗的日子，我不喜欢待在屋里。晴天，我俨然成了院子的一部分。于是他们也见怪不怪，和我打个招呼就过门而去。

裕志也会来，但他从不经由大门，而是翻越竹篱笆进来。裕志眼神不好，为了确认是我，他老眯缝着眼、满脸诧异地盯着我瞧。我笑起来，他也笑起来，笑脸刻着我们相遇以来、从小到大交往相处的全部历史。长时间做同一件事，就可能有一种奇妙的深度产生。不错，我们的笑脸正是这样一种东西。深刻的交流刹那间横穿而过，深刻到——想不起事到如今还有别的新鲜又了不得的事情存在。

那种时候，我当真觉得置身于一个没有墙壁也没有天花板的所在，我们被一切所抛弃，包括时间的流逝也与我们毫无关联，世上只有我们两个人，我们四目相对；四周仿佛音乐悠然，青草芬芳。唯有感觉、唯有灵魂，在这没有墙壁的世界里、在辽阔的天宇下，真真切切地相对、交流。这时候，年龄和性别已无所谓，虽感觉孤独，但那感觉也是辽阔而悠远的。

无论身处何地，当不安蓦然袭来，我有时便会在心中让自己不知不觉间返回到院子里。院子是我感觉的出发地点，是我的永远不变的基准空间。

锅起面

仿佛是命运强行的安排，在巷子深处，我们两家的房子原本就紧紧相挨。一座是日式老宅，没有庭院，小小的，住着裕志和他的爷爷；另外一幢则是新式商品房，我父亲和继母买下的，有一个大院子。隔开这样的我们两家的、说得更简单些就是裕志的房间和我的房间的，只有一个院子和一道矮矮的竹篱笆墙。

从户籍本上看，我和裕志是五年前结的婚，在我们十八岁的时候。

当我们提出"想姑且先结个婚"时，没有一个谁反对。

我们也没有举行仪式，只是将裕志的户籍转到了我家。也因为，假若不结婚，裕志那位住在美国、没见过面的父亲就有可能来要求带他走；假设没有这可能性，我们大约不会在那个时候特意结什么婚。所以其实生活并未发生任何变化。没有特别的热烈场面，乐趣也没有增加，虽然曾打算过阵子就在附近找处房子搬进去，但最终也没有实行，我还是和父母同住，整日游手好闲，裕志也仍旧和他爷爷住着，一面打零工。

裕志的爷爷是在初春的日子里去世的。

裕志希望他一个人整理遗物，我尊重了他的意思，葬礼结束后就不再烦他。他家里的灯每天都亮到很晚。

裕志的爸爸没来参加葬礼，这令我感觉蹊跷，但我没有问裕志，只是想，裕志的爷爷不就是他爸爸的爸爸吗，怎么他的葬礼他儿子不来参加呢，难道他们真的断绝关系了吗？裕志的妈妈好像是在加利福尼亚和裕志爸爸分手后就去向不明了。听说她给裕志爷爷来过一封信托他照顾裕志，以后再没联系。唯一可以确定的是，裕志的父母都在裕志幼小的时候就抛下他去追求信仰，移居到国外去了。

在裕志整理遗物的下午，我总是独自一人待在院子里的山茶树下。翻译烹调书是母亲的工作，我偶尔帮着草译一些，或者在她忙不过来的时候帮忙做一点家务，此外无事可干，时间多得是。山茶花正开着，晴朗的日子里，我晾晒完衣物，就铺上报纸和山茶树相依为伴：时而闭目养神，时而睁眼四望；一会儿脱光了脚丫，一会儿又套回凉鞋。在山茶树下坐着，透过浓密的绿叶，我能看到碧蓝的天。山茶树把它那拥有塑料般色泽的粉红花朵和玩具样设计的花蕊毫不吝惜地纷纷抖落地面，给黝黑的泥土披上了浓艳的色彩。那色彩的组合反差鲜明，视觉冲击力十分强烈。从幼时起，我每年都看着这棵山茶树热热闹闹地绽放花朵，然后又痛痛快快地抖落它们。明明一切不曾改变分毫，却只有人，有时就这样从风景中消失不见。裕志的爷爷皮肤白皙，看上去就很虚弱的样子。他总穿一条黑裤祝在早上五点拿一把大扫帚打扫门前卫生，如今，这样的景象再也看不到了。

裕志打小便极怕他爷爷死去。当爷爷感冒了，或者骨折、胆囊有结石——尽管这类疾病并不危及生命——需要短期住院时，裕志便会担心得什么似的。看到他那恐惧的样子，幼时的我常常想："没准想象父亲、母亲以及小狗奥利弗的死，不断地想象，要比这种事真的发生了还可怕呢。"

然而，无论我怎样在不眠之夜苦思冥想，第二天早上一醒来，那些人、那只狗便会以充满生命活力的姿态真实地出现在我的眼前，叫我将晚上的想法忘得一干二净。相比之下，裕志则始终没有机会从他的思虑中摆脱出来，日复一日在那陈旧的房间里和沉默寡言的爷爷静悄悄地生活着。我常想，透过他的心灵之窗看到的景色一定远比我寂寞。无论我多少次牵他的手，怎样抱紧他，还是唯独无法改变那扇窗外的景色。

我们家似乎也决不能说是平静无事。父亲和继母正式结婚并买下房子，是在我七岁的时候。但那之前，在我记事以前，他们就已经生活在一起，所以一直到我长到很大，都以为继母就是我的亲生母亲。之前因为住的是公寓，不能养狗，所以搬进现在这幢房子时，父亲和继母养起了梗犬奥利弗，长期以来，奥利弗就被当作我妹妹。

做学生时，父亲曾和他的朋友在海边租了房子，过着自给自足的生活。在学生中间，这是常有的事。大家画画儿，向父母要生活费，带恋人同住，种植蔬菜，栽培大麻，制作家具。无论时代如何变化，这类人也决不会消失，他们是一群纯真而诚实的人。在那里，父亲和我的生母相识了，他们很快结婚并生下了我。后来，其中有人要去东京继承家业，那家业是一家餐馆，于是父亲决定随他同去，共同经营，因为开店是父亲梦寐以求的事。然而我的母亲热爱大海和自由自在的生活，她很快厌倦了东京的环境，据说在我几乎还是一个婴儿的时候，她便离家而去了。

后来，母亲和一个澳大利亚人结了婚，去了布里斯班①。我长大后，母亲又和我取得了联系，我也去布里斯班玩过。

母亲出走的时候，父亲已经认识我的继母了，她是父亲店里的常客。她的工作从那时候起就是翻译海外难得的烹调书、外出采购、拟定餐厅菜谱等。她是一个随和可亲的人，由衷地疼我爱我，她说，有我就足够了，不需要别的孩子。

搬入新家后，起初我极其讨厌裕志，他沉默寡言、皮肤白皙、身材瘦小、柔弱得像个女孩，引得附近的孩子们都讨厌他，背地里叫他"人妖"。我呢，心想，光凭住我家隔壁，就想我跟他要好，想得美！不过，我喜欢一个人待着，嘴巴又不饶人，所以过不多久，小伙伴也没人睬我了，我只好和裕志玩。

_____

① 澳大利亚城市名，位于东海岸，昆士兰州州府。

看到与爷爷相依为命并时常帮家里干活的裕志，母亲油然而生志愿者精神，有事没事就招呼爷孙俩来吃点心或共进晚餐。裕志的爷爷是那种只要喝点酒吃点小菜就可以对付一餐的人，因此也乐得省去为裕志一个人做晚饭的麻烦。

接着背叛阵营的是奥利弗，它甚至热烈地喜欢上了裕志。它一副深深迷恋裕志的样子，裕志一来就欣喜若狂，竟弄得我吃起醋来。但是不多久，我开始想，他能够得到奥利弗如此喜爱或许有他的道理，于是开始不声不响观察他的一举一动。经过一番观察，我发现，和我自说自话的疼爱方式有所不同的是，裕志对待奥利弗非常有耐心，不厌其烦地尝试与它交流沟通。在给奥利弗梳洗身体、涂抹皮肤病药膏和清洗耳朵这类事情上，我通常草草了事，但裕志却做得周到仔细，表现出惊人的耐心。我得出结论：裕志喜欢狗超过了人，所以奥利弗也喜欢他。观察结束的时候，我也彻底地迷恋上了裕志。这样心地美好、活得细致的男孩恐怕再也没有了吧——虽然那时我还很小，却也得出了自己的一个结论。这个结论至今未变，我想那是因为裕志至今心地美好，虽然多少有些乖僻和内向，但仍旧细致地活着。

我知道裕志没有爸爸和妈妈的原因，似乎是在彼此认识很久之后。

在那个阳光火辣辣的夏日午后，我做了一件平时少有的事：去裕志家找他，见门没上锁就擅自闯了进去。

爷爷和裕志似乎都不在。外面阳光刺眼，走廊却是一片阴暗，弥漫着一股好像混合了霉味和线香味的怪味。这幢带有一点西洋建筑感觉的日式老宅，顶棚非常之高，光线全部要从缝隙照射进来。因此，令人感觉夏天、生命的力量竟是如此遥远。我不想一个人待在这种地方等，站起身正想回到门口，却看到右边西式房间内有什么怪东西。好奇心一下子变得无法抑制，于是我轻手轻脚地进了屋。

那西式房间的门稍稍开着，里面有一个祭坛，阴森可怕到了极点。我只知道那是西洋货，因为风格既不属于日本的也不属于西藏的。祭坛上装饰着形形色色的东西：蜡烛、骸骨、奇怪的画、丑陋的圣像、可怕的照片、色彩各异的绳带、剑以及叫不出名字的一些干瘪的东西。感觉它们整体散发着难闻的气味，一种腥臊而潮湿的气味。那气味钻进我肺里，我觉得自己仿佛要从肺开始腐烂。对我而言，那些是存在于早晨的阳光、洁净的水、小狗圆圆的眼睛之类的对立面的东西。

我静静地走出裕志家的大门，回了家。过不多久，裕志来到我家，他说，爷爷今晚要出门，我替他去办了点小事。我没吱声，无法像平时那样笑起来，于是狠狠心问他，你们家怎么有那样一些东西？裕志显得非常难过，他说，那是爸爸和妈妈离家时留下的，他害怕，不敢收拾起来，于是就让它放着没管，可总觉得那东西有一股臭味，所以偶尔给房间换换气。是啊，果然很臭呢，我说，不过，没经同意就看了，不好意思啦。说完这些，我又沉默了。

后来我们像往常一样，去给我家院子里的树浇水，欣赏只在孩子的世界里出现的小彩虹，彩虹摇曳着七彩的光晕，仿佛伸手可及。不久，奥利弗弄得浑身是泥，我们往塑料水池里蓄上水，蜷缩起身子浸在水里，抚弄抚弄湿漉漉的狗毛，一面拍打得水花飞溅，在阳光下闪烁。

小孩子不懂得劳心费神地没话找话，所以有时我们比大人更能浪漫地品味沉默。我们通过不发一言，完美地达到分担悲喜的效果。

那个时候分担的那份沉重……因为裕志家里有那个，所以他跟普通的孩子不一样……夏天，身边有条小狗，过会儿睡个午觉，再睁开眼就到了晚饭时间，没什么好忧愁的。但那个夏日午后，那件事使我们感到了沉重。明明绿意正浓，仿佛夏天能持续到永远，悲伤却似乎已经在等待着我们。

我告诉他："裕志，想成为我家的人，就算只有心里想，决定了你就来吧。我把窗给你留着，你随时可以到我房间里来。"

"那当然好，可是，行吗？"他睁着惊恐的眼睛问。

"行。"我点头。

"那好，就这么办。"裕志迅即回答。

事实上，翻窗入室的事一直延续到现在。我想，裕志一定很想那样做，他也一定希望我对他那样说吧。

那一刻，就在彼此约定的时刻，我觉得天空一下子离得好近，奥利弗看起来清爽得一塌糊涂，裕志也笑得很灿烂。我从来没见裕志那样笑过，那笑容美丽得令我难以忘怀，它的美超过了以往我所见过的无论多美的人的脸。我感到我在一个正确的时间里做了一件正确的事。那一刻，要是大人，大约就把它叫做"坠入爱河的瞬间"吧。但我们是孩子，我们正置身于辽阔、湛蓝的夏日晴空之下，这两点决不容许我们把它归作那种廉价又琐碎的事情。我想，正是在那个时候，我和裕志，和奥利弗，还有那院子，向世界展示了我们像焰火一般美丽的风景，世界则对我们表示了它的爱恋。

一直独自整理遗物的裕志不久开始半夜到我屋里来了，一副疲惫不堪的样子，话也很少。裕志经过惯走的山茶树边的那条小路、翻过竹篱笆墙、穿过院子而来的时候，奥利弗总能很快感觉到，并跃上凸窗，迎接裕志的到来。然而现在，奥利弗已经不在了。

半夜里，裕志总要咚咚地敲我房间黑魆魆的窗户，还没等我回话，他就推开窗猛一下跳进屋，砰一声倒在床上。我在迷迷糊糊中抚摸裕志的头发，一面想，啊，要是奥利弗在该多好啊。我希望奥利弗用它那小小的舌头舔裕志，希望它跃到裕志身上，希望它趴在裕志身上伴他入睡……但就连我，光是想象这些情景，也要流下泪来。奥利弗对我们的热爱程度永远和它幼年时毫无二致，哪怕它后来老了，眼睛看不大见了，身体不灵活了，直到最后身体变冷了。每当回味起它皮毛的温暖触感，我就知道自己还没从悲伤中恢复过来，假如我说出"死是自然之道"，就是违心的。继奥利弗之后裕志又失去了爷爷，假若我动了念头去想象他的心情，那就更加违心了。爷爷和奥利弗从裕志的世界消失了，这究竟是何等的事，没尝过痛苦滋味的我其实肯定理解不了的。我的这种地方肯定也给了他安慰。

于是，那段日子里，我便代替了奥利弗。在小小的床上，我蜷缩着身子偎着裕志入眠，甚至蜷得周身生疼。裕志僵硬得像一块石头，使了劲睡，连个身都没翻。半夜里我常想，他这样早上起来怕会浑身疼痛吧。

一个春日将至的早晨，我问裕志："要我帮忙吗?"

"免了，现在还是每天起码哭三回，我不想让人看到我哭的样子。"

这种时候，我就完全没了概念，不明白他是坚强还是脆弱。

事实上，裕志上个月开始去一个培训动物美容师的学校上学，但因爷爷病倒就没再去。我担心裕志会就此消沉，那样我们就成了全球第一无所事事的夫妻了……气氛消沉委顿，我都已经做好思想准备。感觉"未来"这个词本身从他身上消失了。在爷爷病倒后那些因恐惧而战栗不止的看护的日子里，沮丧真的把他击垮了吧。

裕志又开始独自整理遗物了，有时还发出一种声响，让人联想到改建房子。多少天，我远远地望着那副情景。一天下午，我在山茶树下坐着，久久地坐着，花瓣要将我埋起来了——蓦地，我拿定了主意。

我告诉母亲："妈妈，我决定从今晚起住到那边家里去。"

"去那边？让裕志到这边来不正好可以换换心

情么。"母亲说。

"这个家，对于现在的裕志来说会不会太明亮啦。"我回答。

我家明亮的大门、父母的笑脸、整洁亮堂的室内、一家人围坐的饭桌、饭桌上随意扔着的报纸、折叠整齐的衣物……这一切，对于整天介强抑心痛埋头劳作的他来说，那刺激想来是过于强烈了。

裕志穿过院子的脚步声，树木的沙沙声，我从幼年时听到现在。我知道，现在的裕志一步也不愿跨出家门，只在受不了要睡觉时不得已来我这里。

潜藏在院子里的黑暗夜色将这些、将裕志内心的真实想法告诉了我。裕志的脚步声的回响和他带来的夜的气息，让我感觉到了他那颗苦闷的心。裕志没说出口的，我得以明白了。

那天下午，我去了裕志的家，裕志露骨地表示出不悦，我不管他，自顾自进屋晾晒被褥，见状，他一言不发回去收拾去了。屋里仍旧弥漫着爷爷的味道，令人怀念的、旧布一样怀旧的味道。环顾一圈室内，我发现他在以超人的进度收拾，仿佛要将多年的愁闷连带着埋葬掉，仿佛迫不及待要忘掉爷爷曾经存在的事实……除被褥外，壁橱里已经空空如也，还用抹布擦得干干净净。而在爷爷划作卧室的、屋角的和室，不准备扔掉的遗物收拾得格外整齐，装在纸板箱里码得严严实实，不留缝隙，简直如同一处遗迹。

小时候，裕志就是在这个房间里和爷爷一起睡的。裕志以前对我说过，他有时候会担心万一爷爷心脏停止跳动该怎么办，因此半夜里老把耳朵贴在爷爷胸口。望着那整齐码放着的纸板箱、按大小分好再用绳子捆扎好的书，还有堆放得挺仔细的家具，我感受到了裕志真切的悲痛和他对爷爷静静的爱。我哭了。

这时裕志又抱着一个纸板箱走进来。

"怎么哭啦?"他问。

窗子被纸箱遮挡了一半，淡淡的阳光呈四四方方半扇窗的形状照在榻榻米上，我望着光线中飘舞的灰尘，回答他："没什么。"

他在我身边坐下，说："还是小孩的时候，我就不知不觉做好心理准备了，所以爷爷活着的时候，我好像就下意识地想过这个收拾的步骤，你瞧，我干得很快。"

"这又不是什么好事。"

"奥利弗那时候也一样，自从它老了以后，我就老想着有一天它死了该怎么办。"

"这个我可能也想过一点点。"我说。

"它可是比我们老得更快，噌噌噌，像变魔术一样。"

奥利弗死的时候，是一年前的樱花季节。

那天，不知何故骤雨突降，像雷阵雨，天昏地暗，电闪雷鸣。裕志不在家，害怕雷声的奥利弗蜷缩在我椅子下面不住颤抖。别怕别怕——我抚摸着它体毛倒竖的脊背安慰它，它不多久便沉沉睡去。

不久我也受了传染，迷迷糊糊打起盹来。

醒来，雨住了，云散天青，夕阳满天，余晖金黄，碧空透明，刚才的昏暗天空恍若梦境。看西天，甜甜的粉红云彩起伏如波浪，可惊可叹。阳光满庭院，树木透湿，闪闪发亮。

"奥利弗，散步去。"

我一说，奥利弗马上扑过来，像年轻时那样充满活力。这是很久不曾有的事了，我很高兴。路还湿着，闪着光亮。急雨打落不少樱花。附近一所高中旁边的坡道上种有樱树做行道树，新飘落的美丽花瓣织就粉红地毯，点缀了一路。夕阳下，挺立的樱树上还有足够的鲜花盛开，含着水滴，晶莹清亮。路上没有其他人，天地间仅只充盈着金粉交映的华丽光线，一番恍如非人间的光景。

"奥利弗，樱花好漂亮。"

我情不自禁地对奥利弗说，它听了，拿它漆黑而清澄的眼睛怔怔地仰望着我，那表情仿佛在说，比起金色的夕阳，甚至樱花，我更想看着你。别这样，我在心里说，别用这种眼光看我。那眼光，仿佛在凝视珍宝、群山和大海，仿佛在说死没什么可怕，只是再也见不到你让人难过。事实上，我想我和奥利弗都明白，因为那天的气氛那样说了。一切都太美了，就连奥利弗身上已经显得寒碜的毛也是金色的；一切似乎都在渐渐回到我们的童年时代，感觉我们好像能永远地活下去。

那天夜里，裕志来我家过夜，像往常一样，我睡床，他打地铺。我们老说什么时候买个双人床，可两人都没钱，所以只好如此。然而，一度睡着之后，裕志半夜三更被梦魇住了，缠得死紧。我吓一跳坐起来，见他明明还在睡却死命往自己脖子上乱揪乱抓，就拼命摇醒他。"你怎么啦？"

裕志睁开眼，呼呼地喘气。"做了个梦，有人掐我脖子，喘不过气，真可怕。"他说完钻进我的被子，紧紧地抱住我，身子很烫，像在发烧。

"你在发烧吧？要不要我给你拿点喝的？"我说。

"唔唔，我自己去。再上一下厕所吧。"

他说着起床出去了。终于，平常的平静似乎回归到了黑暗中。裕志的样子就是这般异样，让人感觉有某种可怕的东西在我们的生活里投下了阴影。莫名地觉得连空气都闷热起来，就开了窗，风嗖地吹进来，带来潮湿的土气、树木的气息、小小的月亮……我在心里默念：快点变回平常的夜晚！星光闪烁，缀饰微阴的天空——那样的平常的夜，然而，永远不会回来了。

裕志悄然回屋。

"怎么回事啊，奥利弗，它没气了。"他说。

奇怪的是，我并没感到惊讶，果然，我首先想道。我理解了……所以，傍晚的风景那样美；所以，奥利弗会有那样的眼神。我还明白了裕志做那个怪梦的原因。尽管如此，眼泪马上夺眶而出。一切都安排好了似的。

我们躺在奥利弗遗骨两旁，哭哭睡睡，直到天亮。在我们中间，一个时代结束了。心痛得像被撕裂了一般。

"有人死亡真令人痛苦啊。"我说。

"这是没法习惯的事啊。"裕志应道。

我还好，身上还有没心没肺的地方，任何事情，只要我想随便应付就能解决，再加上多多吃、好好睡，痛苦不知不觉间就克服了。我还在继续做的就只剩照料院子里的树、帮忙做家务、帮忙翻译和照顾裕志。父母也对我死了心，他们说我打工也没一回做得长的。尽管如此，我还有至少几个正当青春、充满活力的朋友，他们向我讲述某样东西在人际关系中开花时气势如虹的壮观，以及百草入春齐发，把土地变成绿地毯时的浪漫传奇式的能量显露。这样一来，我也觉得好像有所了解了，从而能够尽情地释放自己。

不过裕志不同，他只与不会说话的奥利弗和我家院子有着深厚的关系，他平日里决没有过多的期待。他就算会固执地沉默不语，我却从未见他因愤怒而放任自己大喊大叫。裕志的父母与和爷爷的共同生活从裕志身上吸取并拿走的东西，无论我做什么怎样做，它们也决不会回来了吧。他是爱着我，但那并非我那些男性朋友对他们喜欢的女孩费劲思量的那种充满异常强烈美感的爱，他的爱，宛若开放在空壳里的一株小小的雏菊。

"我来做晚饭，你想吃什么？"我问。

我的话音在搬空了什物的屋里听着怪怪的。码放着的纸板箱仿佛是一些墓碑。裕志青白的脸色，在茶褐色纸板箱的映照下，显得愈发灰暗。清理一空的榻榻米空寂苍白，弥漫着干燥灰尘的气息。

问出口的同时我心里一面猜他会回答我"什么也不想吃"。所以当他沉默片刻，说出"锅起面①"时，我惊讶得叫出声来："啊！"

"锅起面还可以吃吃。姜末多放点，要辣。汤

---

① 一种日本式面条。将乌冬面煮熟后连同原汤直接倒入碗内，再放其他佐料。

要赞岐①风味，甜的。"裕志再一次开口说道。

"明白了。"我说着站起来，离开这冷寂得恐怖的房间去了厨房。透过他家厨房的窗口看得到我自己的家。

我仿佛是用全新的眼光重新望着那幅景色。

陈旧歪斜的玻璃窗对面，有我家的院子，里面枝叶繁茂，绿意葱茏，那熟悉的山茶树和杂草丛生的小径的对面，渗漏出十分明亮的强光，那是我们家窗户里透出的灯光。我父母还年轻，他们常打理窗子，使窗前灯光明亮且强有力，那种氛围充满温馨，非要你联想到"家庭"这个词。

这个厨房我来过不止一回，可透过如此寂寥的窗口回望那个家的心，我却从不曾留意。

我感觉不可思议，原来，我住在那样温馨的地方么。

---

① 赞岐国，日本旧国名，即今香川县，素以赞岐乌冬（锅起面之一种）闻名。

冰箱里只有啤酒和西红柿，此外空空如也，更别提生姜了。搁物架上干面条倒是放了不少，所以我趿上裕志的大鞋，回了娘家。一进自己住惯的家，便觉灯光晃眼，仿佛我来自另一个世界。因此，一切显得异常明亮。母亲坐在厨房里，见到我就说："真加啊，你的脸色死人一样难看，你们俩待在那屋里不大好吧？是不是两个人情绪都太低落了？"

"我也觉得像待在坟墓里一样。"我说。

"还是回来吃饭吧。"母亲说。小餐桌边，母亲的脸依然如旧。仍旧只有我感觉仿佛置身另一个宇宙。这个家，始终一派宁静安详的景象，然而一步之外，各式各样的人心所营造出来的各式各样颜色的空间在你拥我挤。想到这，我忐忑不安。充斥着这个夜晚的是无尽的、深深的孤独的色彩……也许是为了避免直接触碰它，人们才或装点家居，或倚大树而坐的吧，我想。

"唔，可现在还是去那边的好。"我说，"能拿点材料做晚饭用吗？"

"随便拿。你不累吗？要不我帮你们做好？"母亲说。

"不用了，他好像只能吃乌冬面。"

我答应着，一面从冰箱里找出汤料、襄荷和生姜。离开那个家还不到一会儿，我便解了冻似的觉得轻松舒坦。裕志的悲哀沉重而寒冷，即便他本人无意为之，我的心还是要被冻僵。

外面，傍晚的第一颗星已经升起，分明还是早春，却已能感到微微暖意了。

穿过院子，我重新回到了那个寒冷的世界。

裕志的确吃了很多锅起面，他看着活像一个吮吸面条的黑洞。我被他的气势压倒，很快就吃完了，但他却一次又一次地要我给他煮。

裕志家的高级面条必须煮十二三分钟，很费时间。我做好汤，放足佐料，烧水，抄面，倒旧水烧新水……关于自己这种做法，裕志只说了句——

"好吃啊"。

本来就话少的裕志变得更加沉默寡言。结果我们一直吃面吃到夜里一点。在既没电视又没音乐的这间小小厨房里，我们就那样面对面地坐着。

我的心因此有了太多的空闲，产生出一个恶妇般的念头，我想用玩笑的口吻要求他："好把这屋子改装一下了吧，让它亮堂点！"然而我终于没有开口，因为觉得缺少谈这种话题的气氛。而且我知道，和屋子之类的容器相比，人的心更为重要。索性让裕志在这里怀想爷爷吧，反正即使我哪天万一真搬进来住，我们也不会有所作为，恐怕要一直住到白蚁掏空这屋子为止呢。

不过不知为什么，我感觉假如我住了进来，这个家也许会渐渐变得温暖。不知不觉间，这个屋子里面已是如此地萧索冷寂、空空荡荡了，不是因为爷爷的死，而是因为长年的沉淀，干涩的悲哀从屋子的每一个角落朝中央飘浮、聚拢。但也许会一点一点地有所改变，而这种改变，或许并非仰赖我可能插的花草，也不靠我可能带来的食物，而仅仅只因为我的大腿、我的头发、我的赤足，只要这些充满朝气的活生生的东西在这屋子里转来转去，某些东西就会重新回来，哪怕一丝丝一点点地。

总之，看着浮在开水里的雪白的乌冬面，看着它们哧溜哧溜地进入裕志嘴里，看着看着，我感到了生命的活力正被直接地注入他身体里。以前我相信"食物要经过……多种过程后在体内转变成能量"。但现在，望着眼前的画面，我体会到了"吃而后生"的道理。他的胃里挤满了长虫似的面条，然后，由于某种可爱的神秘力量，它们被消化，将裕志的生命延续下来。剪下的鲜花一旦开始枯萎衰败，即使采用水剪法也无法让它吸取水分，但裕志好歹还在吸取营养，这就好了，我想。

解　放

"明天你不用来了。"

一天夜里，在一团漆黑的房里，并排躺在各自被窝里时，裕志这样对我说。

收拾工作还在不间歇地持续进行，尽管每天并没什么繁重的劳作，裕志看起来简直好像害怕事情做完。到了夜晚，我们照例只吃锅起面，我再也无法忍受这种停滞的感觉，时而在白天里悄悄回家吃面包。

"怎么了?"我问，声音清晰地传遍一无所有的屋子的角角落落，听起来像在演戏。

"有点麻烦事。"

他说完，我反射性地应声："明白了，是清理那个祭坛吧！"

我不知道那样的话怎么会从我嘴里出来，可我的确那样说了。明明根本一直以来已经忘记它的存在了，我却怎么想到这茬了？

"喂，别得意，这可不是有奖竞猜……"裕志一脸惊讶，"不过让你猜中了，真不可思议。不错，不清理那东西的话，就让它毁了一间房了，太浪费，气味又难闻。"

"我帮你。"我说。

"可是……"

"就这么办，睡觉吧。"我说完闭上眼假装睡着。

我有我自私的打算。要我一辈子在噩梦中看到裕志单独清理那个祭坛，我可不干。我认为绝对会那样。我相信，两个人之间发生什么不愉快的时候，肯定会在梦中看到不好的场面，而且那一定比观看实际情景要鲜明得多。既然如此，我宁肯实实在在地亲眼见到那样的情景。

而且，在他进行如此痛苦的作业的时候还不帮忙，朋友这个词还有什么价值？

　　第二天早晨，天晴好得恐怖，仿佛台风刚刮过。我于是稍稍鼓起了一点干劲，一大早便起来在院子里洒水。父亲出门上班，看到近乎裸体的我在洒水，似乎不好意思靠近，只微微笑着出门而去。此情此景，无可言状，可人可心。

　　我一面洒水"制造"彩虹，一面望着倒映在泥潭中的美丽晴空和流云。我意识到，这些小小的、逗人发笑的小插曲就是构成我们人生的细胞。要长久保持善感的状态并不容易，为此我非常需要天空的美景、花草的芳香以及泥土的气息等等。因此我想对裕志说，我们出去旅行吧。假若不看看美景，郁结的情绪将像泡菜那样越腌味越浓直至凝成一团。而去一趟温泉，泡一个露天温泉浴，在满目苍翠中与峡谷溪流做伴，然后去吃难吃的生鱼片和野猪火锅，边吃边抱怨，也许精神就会好起来。

潮湿的假山石闪着光，非常美，但我渴望看到更壮观、更美丽的景物，渴望得要命。站在纷飞的水雾中，我这样强烈祈求：祈求上苍成全，让裕志兴起出游之心。尽管祈求之后转眼即忘。

回到裕志的家，阴暗的窗户敞开着，看来裕志已经在干活了。见他戴着口罩和手套，我扑哧笑起来。

"我是夸张了点，可你别笑，要是你接触了这些灰尘和霉味，保准想弄得和我一样。"透过口罩，他的声音瓮声瓮气的，听着挺吓人。

于是我决定照着他的模样武装自己。

裕志的第一步工作是拆掉那个巨大的祭坛，这事我帮不上忙，就决定在旁边将他拆除的东西分成可燃垃圾和不可燃垃圾两大堆。怪东西很多，有照片、装有混浊液体的瓶子、蜡烛、塑像、装饰物、写着怪异文字的经书模样的东西、似乎昂贵之极的剑、像是沾了血的布，还有些东西完全叫不出名称。它们虽然也勾起了我的好奇心，但毕竟，我多少积累了一些阅历和知识，所以所有一切都比小时候看到的感觉更可怕。

然而从垃圾这一视角来看，这些沾满灰尘的物件要被按照一条可否焚烧的标准来区分，不是不可笑的。无论如何神圣的事物，只要价值不明就可以这样分类，这一点，在这项但愿尽早结束的令人郁闷的作业中，或许至少算一丝亮色吧——戴着口罩的我想。

"喂，裕志，"我说，"觉不觉得戴上口罩就能清楚听到自己脑子里的想法了？"

"那好啊，以后你饶舌的时候，我就叫你戴上口罩好了。"

"说话别太过分哦。"

我们边聊边忙活。见我突然停下手来，裕志望向我，"怎么啦？"他问。

"这个好恶心。"我指着祭坛最里面被粉红布包着的一只小罐子道，"这是什么？你瞧，会是什么呢?"

"不知道,闭上眼整个扔掉吧。"裕志说。

我体内的好奇心愈发不可遏止了,我感觉它在告诉我,此时此地不看上一眼,令人不快的印象就将永远存在我脑中,并且始终没有一个具体的形象。

"不,我要看看。"

我说着撬开了罐子盖,里面有个东西臭不可闻,裹着染了血的好像旧纱布的东西。我立刻意识到,这屋里的臭味就来源于此。那东西很轻,表面粘了一些叫不出名的物质,呈黄色。

"这个……莫非是人骨?"我说。

一看裕志,他脸色变了,正以一种非常微妙的速度呈现出惊讶的表情。原来,当一个人真正受惊,他就会这样静静地瞪大眼睛。裕志没作声,目光定在那块陈旧的骨头上,简直像要确定他的惊讶,也仿佛时间已经停滞。

我迅速丢开了它。那臭味,属于无法用语言描述的一类。我的本能似乎隔着口罩也能清清楚楚感觉到那气味，并且正在驱使整个身体来抵抗它进入我的身体。我不禁想，屋里的空气一定正在发生质变。

我呆呆地拈起那骨头正准备扔掉，裕志冷不防叫起来："等等!"

一看，他哭了。他的样子就像个小孩，一边眼泪止不住地流，一边又竭力要说话，想表达什么。

"究竟是什么?"我问。

裕志止住呜咽道："这个说不定是我兄弟的骨头，所以，不要扔掉，把它埋起来吧。"

"是吗……"

我虽然不明情由，但听了这话，也不禁觉得这污秽可怕的东西一下子变得重要了。

我等裕志接着往下说，但他只一个劲地擦眼泪，拼命想把哭止住。我不再多问，对他说："那就埋在山茶树下面吧，埋在奥利弗旁边，怎么样?"

"嗯。"他点点头。

就算骨头本身变得再怎么重要，可臭还是臭，所以我把它重新包好，放到了窗边。

傍晚，夜幕临近时，我们终于整理好了那间屋子。然后，我们来到昏黑的院子里，默默地挥动铁锹，让那个小包回归泥土。尽管我们将它埋得深之又深，但并不等于它不曾存在过。我们默默地拍掉身上的泥土，心情平静。我想起掩埋奥利弗时的情形，那时我好难受，甚至想，既然迟早要回归泥土，为什么还要出生、生活？在安葬奥利弗的时候，有好几回，我们神思恍惚：咦，我们都在院子里了，奥利弗怎么还不跑过来？那一瞬间、一个瞬间的伤痛痛得我们窒息。记得掩埋奥利弗的时候也是这样一个晴朗的黄昏，黄昏天空的那种蓝不着痕迹地让世界浸润其中，星星稀稀落落散布于天幕各处，灼灼闪亮。

屋里剩下的几乎都是恐怖的各种纸头了，我们决定将它们堆在院子空地上烧掉。感觉清理工作进入到高潮阶段，我干劲十足起来，连山芋也去买来了。我决定将它们一个个挖空心，注入奶油撒上盐包上铝箔，然后管它们叫"被诅咒的烤山芋"，接着和裕志相视而笑，以求裕志家的秘密从此烟消云散。黑暗中，一堆小小的篝火燃起来，院子顿时被映照得很美，火焰舞动着，那些可怕的纸片化成灰烬飘了起来，橙色的火光一闪一闪，叠映在裕志灰暗的脸上，使他脸色看起来很健康。

　　我把母亲也请了来，三个人一起吃起了烤山芋。我有一种感觉，觉得我们正在对长期以来凝固住时间沉睡着的那座祭坛，进行一次具有建设性意义的利用。

　　"烤得不错！"

　　"可惜山芋吃不了很多啊。"

　　"不过今天都累了，没什么食欲，这些也差不多了吧。"

　　"要不待会儿煮点粥吧。"

　　从旁看来，我们一定是在早春时节燃起篝火、啃着山芋聊天的一家子，至少看不出我们是在竭尽全力烧掉那来自异国的可怕物什。一股奇妙的自由感在空气中飘荡，这感觉并非来自不断变幻形状的、熊熊燃烧的火苗，而是由于裕志，他手持铁条从火中取出山芋的样子看上去比以往都更强壮有力，也明朗多了。也许，对裕志来说，清理这个祭坛具有某种重大的意义。那祭坛可能一直在束缚着他，即使他没意识到。晚风凉爽地吹送，仿佛全然不知空气中飘浮着灰尘和霉味。悲惨、恶心和一身轻松，都好像逐渐消失在了春天朦朦胧胧的夜空里了。

那天夜里，我无法入眠，裕志似乎也不例外，辗转反侧。整理一新的屋子，感觉像在对我们施加一种压力：下一步怎么办？

我没有搬家的经历，但我想，假如长大后某一天搬了家，在一个空荡荡的地方迎来一个全新的、不曾体验过的夜晚，或许我会伤感的。闭上眼，往事一幕幕复苏了，包括幼年的经历，包括爷爷在世时尚余一丝生气的这个家的有关回忆：常常从爷爷那里得到点心；从游泳池回来后晒着太阳睡着了；这种时候爷爷发出的响动令人备感温暖；幼小的裕志和爷爷同心协力一件件认真晾晒衣服时可爱的样子，如此种种。

我一会儿哼哼歌，一会儿打开小台灯看看书，一会儿又把灯关上，折腾来折腾去，就是睡不着。

"睡不着。"我说。

"我也是。"裕志应道。他在黑暗中睁大了眼睛，眼珠黑漆漆的。

"有一件重要的事没有告诉你。"他说。

我躺在被窝里已经做好心理准备，心想一定是有关他死去的兄弟，然而竟完全不相干。

"听说我爸不久前死了。"

"啊?"我吃一惊，其实是因为感到暗藏的那一丁点睡意一下子没了影儿。

"怎么没有葬礼?"我问。

"听说是集体自杀，就是供奉那种祭坛的宗教组织弄的，先服毒，然后烧毁建筑物，弄得尸体都无法辨认。确切情况虽然还不太清楚，但他多半也在里面。"裕志的语气很平淡。

我从报上读到过这一事件的相关报道，但怎么也想不到竟然与自己身边的人有关，我脑子霎时一片混乱。

"看来，今后再做噩梦，我都不用怕梦境成真了。"

"梦?"裕志问。

"没什么。"我不再作声。

我曾经一度和裕志一同离家出走。看到裕志乘坐交通工具远行，除了去医院照料爷爷等不得已的情况之外，那次完全可以说是唯一的一次。裕志从不在外留宿，连修学旅行也找各种借口不去。

那时候我们刚刚成为高中生，所以应该是初夏时节。

要问为何离家出走，起因就是我做的一个梦。

当时，裕志父亲的一位朋友说要从加利福尼亚来见爷爷和裕志。对于一直平静地生活着的我们来说，这不啻一件令人震惊的大事。裕志表示他实在不想与那人见面，我却劝他说，用不着这样顽固地拒绝，说不定因此能慢慢同他父亲和解呢，不如去见见吧。然而，就在那人到来的前一天晚上，我做了一个非常不吉利的梦。

在那个梦中，我在我房里惊醒了，记得裕志刚才还在身边，醒来却不见了。我奔到院子里，天上有月，四周泛着淡淡的光。朝裕志家一看，平时绝对亮着的厨房的灯也关了，里面漆黑一片，而且屋子形状也有些异样，那不是我平常见惯的裕志家，立在那里的是一幢钢筋水泥的大型建筑。啊，裕志和爷爷去了美国来着？我在梦中想。

我内心与其说失落，不如说感到沉甸甸的。我小声地唱起歌，想以此鼓励自己，这一来，我自己的声音竟宛如从立体声耳机直接传入耳中一般，在梦中大声地回响、萦绕。那种感觉讨厌极了，我蹲在了院子里。空气寒冷而凝重，夜似乎远比往常黑暗。我撒腿奔跑，想要逃离这地方，一回神，人站在裕志家门口。我喊了喊裕志的名字，没人回应，一股血腥味却扑鼻而来。没错，那是一股浓重的血腥味。梦中，唯有那股味道，清清楚楚地烙在我脑子里。房子里头一片漆黑，感觉有些发潮，我赤脚走了进去。我是鼓足勇气走进去的。尽管屋里的模样和我印象中的裕志家根本不一样，但我还是继续往前走。眼前总之是漆黑一片。走廊上不知为何到处有水潭，因为黑，也不知道水的颜色是红的还是透明的。我心情很不好，只想快点见到裕志。哪里也不像有人的样子。然而当我推开一个陌生房间的门一看，却发现里面一张椅子上挂着裕志常穿的夹克。凡事一板一眼的裕志怎么会将衣服这样随随便便扔着不管呢？奇怪。我心中纳闷。

平常，一见到我把脱下的衣服随意乱扔，裕志便会很不高兴地帮我拾起来挂在衣架上，或者叠好，想到这，我心里暖融融的。接着猛然惊觉，回想起那种不高兴的面孔竟让我顿生暖意，这说明此刻我和裕志之间产生了极大的距离。就像每当想起那些死去的人，连不愉快的回忆也能使我们产生温暖的感觉一样。于是，我上前去触摸裕志的夹克，去闻上面的味道，就在这时，我倏地明白裕志已经死了。裕志在某个很远的地方，满身血污、支离破碎地死了，因此，这个家里充满了血腥味。裕志的夹克将这一切告诉了我。我坐在地板上，闭上眼久久地深深地吸着裕志的气味，只想把那血腥味冲掉。我相信，即使遭遇事故或其他不测使我们永别，我和裕志之间也决不会有任何改变，我们之间类似爱的、类似羁绊和约定与身为人类的尊严的东西，是不会改变的。可是我知道，这样的死法却是让裕志的灵魂本身绝对远离我而去的一种死法；我知道，裕志支离破碎了，他惨遭羞辱之后消失了，作为"裕志"留下的只有这件夹克。

从那梦中醒来后，我抽抽搭搭地哭起来，推醒裕志，问他有没有吸毒。也不管他烦不烦，告诉他不要去美国，也不要同他父亲派来的人见面，因为我有一种不祥的预感。裕志敷衍地应了声"知道了，我不去"，又睡了过去。

我还是忐忑不安，睡不着，觉得这世上的阴暗力量将会透过窗子再次进入梦中，渗透进我的细胞。但是裕志的鼻息拯救了我。我感到，即使裕志蔑视我，骂我，喜欢上别人离我而去，也比不上刚才的梦境那样让我心痛。那种将一个人降生尘世的意义本身放入搅拌机搅得粉碎、形迹不留的死法，假如是自然之力所为，那也能叫人死心断念。但最怕就是想到自己明明能够制止却没去制止……不知怎的，我感到那种可能性已经渗透到现实当中来了，我怕得不行。我确信，裕志父亲信奉的宗教是邪恶的，他们肯定在进行一些恐怖的活动。冥冥中有什么在这样告诉我。我不知所措，害怕得浑身发抖。

幸好裕志像个傻瓜似的用力地一呼一吸，拉住了我，使我免于被那什么拽了去。我此刻就在他身边，什么事也没发生，我不会再回到那梦里，我不用再置身那种凄惨的地方——意识到这些，我终于安然入眠。我确切地知道，在这世上是有那样死寂、酷热、阴暗的地方存在，杀人、看人肉、摸人血，不对这些行为感到厌恶的思想，是以同等比重存在于每个人心中的。正因为知道有这样的地方存在，我才能极其平常地坚持着不曾身临其境。但假如谁受了那世界的诱惑，我却无法阻止他。在那个阴暗的世界里，人与人是单纯的同类关系，感情不会产生深刻的碰撞与交流，唯有力量和孤独决定人们的行动。即便如此，那也是与我们生活其中的现实世界相匹敌的、一个真实的世界。我不愿让裕志去那里，因为他自出生之日起便一直像呼吸空气一样，被迫体味着已被稀释成几千分之一的那个世界。

　　第二天醒来，发现裕志早已起床，还莫名其妙地拿了一个大包过来，这让我很惊讶。见我醒了，他说："出去走走吧。"

"为什么?"

我睡得迷迷糊糊的，不明白他在说什么，当发觉自己的眼睛肿了时，我想起了那个梦，也想起了那讨厌的血腥味。

"依我的个性，很难做到明明在家却拒绝同他会面。要我给你收拾行李吗?"裕志一脸认真。

"你又没出去旅游过，怎么能帮人收拾行李?"

"琢磨琢磨就会了。"

"这样行吗，裕志?"

"昨晚上不是说好了吗。"

就这样，我匆匆忙忙收拾好行李，只给母亲留了张字条说稍后给她打电话，不明所以地登上电车，奔向热海①。

裕志在电车上出乎意料地兴奋，他吃吃盒饭，

---

① 热海:日本城市名，位于静冈县伊豆半岛根部东岸，多温泉。

喝喝啤酒，望望窗外，我却还在因这突如其来的、普通恋人似的时刻而不知所措。只记得自己说了好几回"要做，准行"。裕志说，待会儿给伯母打个电话，顺便请她帮忙照看一下爷爷。他又说，其实我真正害怕的不是旅行，不是交通工具，怪只怪我经常要做的一个梦。

"梦？"

"对，从小开始做了好多回，梦里说我不在家的时候爷爷病死了。理论上我很清楚，我也知道，就算果真发生了，也不是我的责任。可是，我真的好怕。假如睡之前不先确定爷爷睡着了，我就会心发慌，没来由地心惊肉跳。现在也是，心脏跳得厉害，人也有点焦躁不安。"

"那为什么还出来旅游？"

"因为我也不想见那个人。而且，你和我不一样，哭鼻子可是不多见的，我被你的眼泪打动了，所以我想，至少这么一回，我要做点年轻人该做的事，错过这个时候，我还有什么资格活着呢？"

此刻，我生平头一遭了解到，裕志其实一直在思考很多问题，他其实在很多事情上有自卑感。在阳光充足的明亮车厢里，我由衷地想：但愿此刻能永恒。

热海的海水污浊，建筑林立，快从崖上坠入海中了。酒店到处客满，贵得吓人。现在不是旅游旺季，只是平常日子，小旅馆都关着门。当裕志说"没关系，我们带着钱呢"时，我生平头一遭感受到心中莫名的阵阵悸动，感觉我们简直就像恋爱中的一对恋人。我们转遍大街小巷，中午吃了鱼糕①，接着看海、午睡，但我们仍无心在热海过夜，便又乘上电车到了伊东②。

伊东有家旅馆叫新鸠屋，对了，听说是带消防车的，裕志说。我说，那就放心了，就住那里吧。在伊东一问有消防车的新鸠屋，马上有人给指了路。旅馆实在太大，早顾不上怀疑你的年

---

① 日本一种独特的熟食，将白色鱼肉磨碎，加调味、加热而成。
② 日本城市名，位于日本静冈县东部、伊豆半岛东岸，多温泉。

龄，价格也并不怎么贵，因此我们很快办好手续，住进了榻榻米房间。从窗口望出去，灿烂的落日下，绿树和大海相互映衬，像盆景一般和谐统一。

"景色真漂亮!"裕志说。

和裕志一起生活了这么久，我现在才切切实实地感受到：他其实并不讨厌观赏新奇的景致，感受大自然的壮观，以及置身于非日常的空间里。因为从刚才的那句评价，从那兴奋的声音里听得出他在为自由而喜悦。

我给母亲打电话，一说"我们在伊东"，她立刻小声喊道："哎呀呀，是吗，怪不得一大早不见人影呢。可是为什么呀?"

"裕志好像不愿见那个从美国来的人，他说怕见了面会改变主意。"

"他是怕辜负我们和爷爷吧。"母亲说，"你们看着办吧，这时候最好依着裕志的想法做。这边我会帮他看着，同时问清楚情况。再说，事到如今，就算万一他提出要带走裕志，本人不愿意也没办法，放心吧。"

"爷爷的身体，您也看着点。"

"知道。你帮我告诉裕志，我不认为他这是逃跑。等他长大了，再凭他自己的意志去见他父亲也行的。我倒是觉得，他父亲没亲自来伤了他的心呢。"

母亲果然厉害，我那时想，我模模糊糊感觉到的事，母亲轻轻松松就说了出来。老早以前，我就强烈地感到，即使我和裕志不怎么坚持，不知不觉间他也已经完全获得了家中所有人、从父亲母亲到奥利弗的认可，成了我们家的一分子。

我一直都明白，裕志本能地在寻求着真正的家，即便它根本不存在。这也是没办法的事，我也一直都能理解。假如不曾做那个梦，我也许会对自己说，说不定裕志还是去美国生活比较好。我会想，与其永远在梦中虚构自己的父母，还不如干脆试试和他们共同生活。理论上是可以这样想，但现在我已经做过那个梦了，我感觉到我的心在挣扎、在求救。必须制止他！不能因为那只是一个梦而掉以轻心，即使没把握，也决不能让那不祥的预感变成现实。裕志想见他父亲的真实想法，总之这个时候必须加以阻止，哪怕他认为是我不对。我进而又想，人生中，也许时常会有不能因为本人意愿如此便满不在乎任其发展的事情发生。可能也有一些事情需要你为了只能说是直觉的一种东西而全力以赴，就算自己心慌意乱也要不管三七二十一采取行动，哪怕这些行动莫名其妙、不到后来不知结果如何。

那个时候，我对和裕志相伴的人生产生了怀疑。我对怪人裕志心存腻烦，加上另外有了心仪对象，周围的朋友又正好处于享受恋爱的时期。经常地，一想起只要和裕志在一起就一辈子做不成的事情的清单，我就暗自叹息。有时也想，照现在这种环境，我即使交了新男朋友也无法同裕志分手；也许我们还是拉开一点距离，各自在不同的地方思考一下人生比较好。那时，我正处在一个就我而言少有的、以一种羡慕的眼光看待社会潮流的时期。

但是，即使再怎么把裕志看成是一个麻烦，我也还不至于愚蠢到轻慢地对待生命中无可替代的这个人。

回头一看，裕志正躺着看电视，他已经把浴衣拿出来了，看样子想去洗澡，我想着能说的先说，就将母亲的话转告了他，然后登上一部大型自动扶梯去澡堂。

令人惊讶的是，在傍晚的那个时刻，女澡堂里竟只有我一个人。我从未进过这么大的澡堂，心里很是不安。我在里面玩遍各种花样，却还是泡不下去。回屋一看，裕志先回来了，他心情果真变愉快了。尽管他并没有笑嘻嘻的，也没有明确说自己心情好，但不知何故我就是知道。我想，裕志其实一直渴望着穿浴衣、泡温泉、在海边晒太阳晒到累，只是没有机会罢了。

半夜里穿着浴衣去新鸠屋里面的拉面馆吃面，

真的是非常开心。裕志居然去泡了三次澡。此外，在自家房间以外的地方两人同眠还是第一次，以致兴奋得睡不着，这滋味也挺有意思。我们裹在崭新的被单里，手拉手躺着。一种奇妙的寂寞感油然而生，仿佛我们离开家门来到了遥远的地方。

"既然睡不着，做爱怎么样？"

"我太紧张，挺不起来。"

"我也不踏实，这屋子太大。"

"咱们的屋子简直像个小窝。"

"可不？"

我们明白了：即便只字不提"父亲"或"加利福尼亚"，它们也已经追着来了。黑暗中，似乎有种种的可能性在蠢蠢欲动。

"不过，你能脱光衣服给我看看吗？我想在家以外的地方看看你的身子。"裕志说。

"行呀。"

我有点紧张，但还是脱去了浴衣。说到底，高中生穿浴衣太不搭调，活像校庆演出时的装扮。我想，等哪天到了适合穿浴衣的年龄，不知我和他可还在一起。月光下，我的裸体很白，胃部因晚饭和拉面而突起。在裕志面前裸露身体一直是我人生中很自然的一个部分。和他做爱竟也是自然而然开始于小学时期。对于我的这件事，朋友们经常给出这样的评论：说无聊是挺无聊的，可说劲爆也够劲爆的。

"能看到高中生的裸体也只有在这个时候啊。"裕志笑道，"在家里，感觉那么自由，可还是有奥利弗，有你年轻的身体，有好多人和物守护着我。"

"这回我是明白了，你是我们家一员，虽然谁也没有公开说出口，可就是这么想的。"我说着笑起来，"哈哈，光着身子这么一说，感觉像在发表宣言。"

"我也深有感受。听我说，我们结婚吧？"

"啊？"我吃一惊，不由得拿浴衣遮住了身体。

"招我做上门女婿好吗？只要你家里人同意，我们可以马上结婚。"

"好当然好……"

无所谓讨厌或欢喜，没有无奈，也没有悲观地哀叹人生没有选择余地，当时我只觉得有样东西炸开了，空间霎时开阔了，人仿佛置身广阔天空之下的感觉……有星星，有食物，有蜡烛之类的美丽亮光，空气清新，感觉豁然开朗，似乎这世界也不全是墨墨黑。每次产生这样的感觉，我便要向前迈进。这也是命运的安排吧，我想，于是决定还是让自己成为裕志的家人。

"回去后和大家商量商量?"他说。

"裕志，你不是因为自暴自弃才这么说吧?"我试着激他一下。

"不，我只是想给自己一个明确的立足点，否则无法开始人生新的一页。我不想永远做一个被人遗弃的小孩，永远只是进进出出打扰你们家。"

裕志回答道。因过于惊讶，我光裸着身子陷入沉思中，拉着裕志的手没再说话，不知不觉竟睡着了。

第二天，我们在海边溜达了一天，不料认识了一位出租车司机，他和我们约好，晚上天气好的话，就带我们去看夜色中的富士山。这位大叔说，他经常在海边的干货店里休息，但却从未见过像我们这样能溜达的年轻人。

这倒也是。在海边溜达，想象中挺容易，实际上很难。衣服、头发和手都会渐渐地被海风和沙子弄脏，导致人心情郁闷，饮料和食物之类又转眼消耗一空，要想超越这些障碍在海边无所事事地或坐或躺，你必须稍稍改变对时间的感觉。我在院子里已经学到了这一手，而裕志本来就漫无目的，因此我们毫不费力就做到了。

"我们今天纯粹是闲逛，又没地方可去，所以打算晚上回热海。"

我一说，大叔就问："离家出走？"

"不，是新婚旅行，回去就入籍。"我说。

裕志似乎想叫我别多嘴，却又默不作声。

大叔与我们说定，看在喜事的分上，两千块送你们到热海，同时带你们去看富士山。

　　我问裕志，旅行就是因为有这种事才有趣对吧？裕志点点头。那以后，我也从不曾因为同裕志结婚而兴奋过一回，大多时候我都在凭空想象这样一幅图景："假如不走这条人生路，我要去外国生活。我多想找一个从保时捷到卡车什么都能开的、非常阳光感觉很好的、能陪我到处去旅行的、充满男子气概、爽朗英俊、金发高鼻的人，让他爱我爱得发疯，然后跟他结婚啊！而且，他个头高大的妈妈还亲自做菜给我吃，都是我见所未见闻所未闻的美味佳肴。"然而在那个时候，在伊东的海边，尽管大海灰蒙蒙，海滨也灰蒙蒙，天空也阴沉黯淡，只露出斑斑点点的蓝，但海风却十分和煦宜人，以致令人觉得景色很有味道，偶尔波浪还溅起白沫漂漂亮亮地涌过来。就在那时那地，我感叹：直到昨天和他还是一种无可名状的关系，现在却成我未婚夫了，这个裕志！想着，我有点想哭起来。

　　裕志再也用不着等待他那业已不在的父母，至少他拥有了等待他的地方。虽然事实上谁都没有那样的地方，但别人却不会像裕志那样被人长期不断地大声点破"没有"这一事实，我想。

晚上大叔真的到海边来接我们了。风大起来，吹得夜空放晴了，我和裕志躺在海滩上看星星。大大的圆月高悬空中，看不见几颗星星。

"大叔您真来啦。"我说。

"你们也果真溜达了一整天啊!"大叔当真惊讶道。他人不错，好说话。

"我们买了些干货，还去丹尼斯①吃了晚饭。"我应道。一天下来，再怎么都全身汗黏黏沾满灰尘了。

车沿着黑乎乎的弯弯曲曲的山路爬到一个高处，大叔突然停止了讲述，叫道："瞧!"我们应声回头，但见雪白的富士山朦朦胧胧浮现在眼前。

"真美!"

_____

① 英文作"Denny's"，连锁式家庭餐馆，总部在美国。

我们同时赞叹一声，屏住了呼吸。大叔将车停在一个视野开阔的地方，三个人一道下了车。"想必你们从没见过，月光下的富士山是最美的，不过要是月亮接近满月天却阴沉沉的就不行啦，你们俩运气不赖哩。"大叔说。

　　富士山耸立在黑暗中，看上去像一个会呼吸的活物。那美丽的形体勾勒出长长的线条，爽利流畅，直至山麓，在月光的照耀下泛出青白色的光芒，远较白天所见的优雅，显得是那样地光滑，引人伸手触摸。山脚下的夜景灯杂乱无章地装点着山麓，天上有月亮以及明亮的星星。美景如画。仿佛唯有那里的空间性质是与众不同的。那景象，令我想要相信那空间是由更加澄澈、一触即碎的原材料构筑而成，它拥有比我们居住的世界更高阶的世界的景色。假如有人说，那不是富士山，是月亮降临人间了，正在休息呢，我肯定相信。

　　能欣赏到如此美景真是太好了，我们默默感叹道。它过分美丽，使我们无言。大叔本着好东西要与人分享的想法邀请了我们，承他好意，我们得以共享美好。

到了热海告别了大叔，我和裕志已经精疲力竭，钱也没了。我们就那样拥抱着富士山的空气，进了一家带温泉的情人旅馆，缩在夸张的大床上睡死过去。

然后，我们照样四处溜达，一周后钱彻底花光用尽，就回了家。对于不习惯旅行、钱又不多的我们来说，太吃力了，旅行暂时可以免了。——我们一路说着到了家。谁也没冲我们生气，说到反应，也就只有母亲高高兴兴把我们带回的干货烤了做菜。

听说他父亲派来的人只同爷爷见了面，放下礼物就回去了。看来那次会面相当无趣，谁也没详细说明经过。来人的目的，似乎只在解释清楚一件事：尽管裕志的父亲很想见裕志，希望他务必来玩，但即使裕志现在入教，也当不上干部。据说爷爷大发雷霆，吼道："我早跟他断绝关系了！"把人赶跑了。他父亲没托人带照片来，也没写信。裕志因而又一次将内心某处早已不存指望的东西进一步沉入到一个叫做无所谓的境地。

"裕志，刚才我想起之前去热海那时候的事了。"我说。

裕志还没睡，应道："富士山真漂亮。"

"裕志，明天开始我们怎么办？"

"明天再想吧，今天累了。"这么说完，他沉默了半晌，然后声音发颤道："出去旅行也许不错，现在再也不用担心在家等我的爷爷了。"

爷爷决不慈祥也不喜欢小孩，但他决不会因为嫌裕志麻烦而将他送到加利福尼亚去；他从不抱怨，始终守护着裕志。

"就这样，裕志，我们就去你想去的地方。"

"去什么地方都行，我其实并不讨厌旅行，也不讨厌坐车。"

"去看动物怎么样？"

"嗯，那也行。"

裕志的眼泪滴落我的手心，滚烫。待在这个家里已经没事可干了，去哪儿都行，裕志说。我们明天就想想去什么地方吧，我轻声道，声音也被黑暗吸收了进去。

无事的日子

　　早上醒来，已是十一点，两人的眼睛都肿着。我和裕志很惊讶，平时我们大约七点钟起床，这种事是绝无仅有的。大概实在太累的缘故吧，我们讨论说。

　　感觉像被遗忘了，我呆呆地愣了半天。天气很好，裕志家古老的浴室连淋浴器也没装，我烧好洗澡水，在日光中踏进澡盆。窗玻璃模糊了，透射进来的太阳光显得朦朦胧胧。我久久地凝视着古老的瓷砖那独特的、怀旧的色调。回过神，发现自己在热水里泡得太久，手指泡得皮起皱。对时间的感觉变得很奇特，整个人茫然若失。

　　我见身体都泡红了，就出来独自一人走到院子里坐着，不久裕志来到我身边。

裕志没来院子坐，约有十年之久了。

我坐立不安，手脚动来动去。

"总这么坐着，想什么呢？"裕志问。

"认真观察许多事物，你会发现，再怎么小的事物，里面也有着惊人的真实感，比新闻更真实。"

我说。生物死亡、腐烂、化为泥土；虫类你争我斗；蜻蜓歇在晾晒的衣物上，晴空突然间阴云翻滚；听到家里动静不对知道母亲情绪不好，就一溜烟跑去帮她买东西。所有这些，假如认真观察，你会发现，人心自是忙忙碌碌，无需向外部寻求原因。

"透过眼睛可以知道一个人的内心。单单只是坐着，眼睛就不会这样有神。我总是纳闷，你在这儿坐着看什么呢？"裕志说。

"散步去吧。"我站起来。

"嗯。"

裕志看上去似乎全身都缩小了，感觉他活得缩头缩脑，大气也不敢出。自从爷爷住院，他就一直这样。就说眼睛，他的眼睛毫无生气，似乎不愿目睹这个世界。从清理完房间那天起，他整天一副失魂落魄的样子，状态更差。看起来他的身体还没从打击中清醒，只有心在飘飘荡荡，整个人却还在梦中的感觉。裕志平时就很难说是怎么有活力的类型，现在的他更是一具空壳。他日益萎靡不振，我想他渐渐地恐怕连自己是否活着都不清楚了。

我身上也不时出现这样的状态。过去上学的时候就常有。但我并非因为有了伤心事而变成那样。我的情况是，一旦生活实在过于平静，就会感觉身体轻飘飘的，不怎么吃喝也满不在乎。这种时候，平常活生生的各色各样的情感，比如生母要回去，我去机场送行，回家路上感觉到的寂寞；比如看见裕志和别的女孩讲话，那种仿佛看到了另一个世界的刺激；比如烫伤了手，洗澡时把手轻轻举起来以免沾到水，那时候手上的酸麻感觉，诸如此类，这时候就感觉全都无所谓了，感情变淡变薄。我会想，自己的影子现在肯定很淡。现在的裕志，眼神就和那种时候的我相差无几。

我们慢慢地走着，来到了一个大公园。公园里人很多，有的在跑步，有的在骑自行车，有的在打羽毛球，还有的坐在草坪上吃吃喝喝。狗也很多，在我们眼前跑来跑去，但即便是这些种类繁多的狗，也不能让有气无力的裕志的瞳孔焕发神采。

我们从小卖部里买来啤酒，在草坪上坐下了，身后有我特别喜爱的杉树。以后这儿也要常来，我说。

"我喜欢散步、坐着想事情、和陌生人说话。以前，我在这儿坐着，一位年轻妈妈要我帮她照看婴儿，我就说好啊，反正我也闲着没事。然后就逗着那个一岁大的小孩玩，没想到那妈妈六个钟头都没回来。没办法，我只好等，一直等到太阳下山，一面又是哄孩子，又是向过路人请教之后帮他换尿布，又是喂他喝果汁。那天心里真的好慌，心想说不定人家是不要这孩子了。最后，等天黑透了，那妈妈终于提着鼓鼓囊囊的购物袋买完东西回来了。她说声谢谢，塞给我一个五百块硬币。我笑了。这五百块究竟算什么？给我五百块……算是对什么的酬劳呢？我不是嫌多嫌少的意思，我认为这种情况下不给钱反而好。可我还没来得及说不要，那妈妈就一脸恶狠狠的样子急匆匆打道回府了。我有些失落，愣了半天。然后，在回家路上，我吃了一碗五百块钱的拉面，味道很好。"我说。

"真加，其实你经历过不少事情呢。我自顾不暇，没大去想你是怎么样一个人。"

"我们也不怎么交流啊，平时。不过，这样也不错。"

"为什么?"

"怎么说呢……"

我找不到答案，沉默了。这时，一只狽犬走过我们面前，白色的，和奥利弗一样，它主人像被它拉着似的跟在后面。

"白狗容易脏，不过它保持得很干净。"裕志说着站起来，赶上去抚摸那狗。我也跟上去摸了摸。硬硬的狗毛令人怀念，摸着很开心。

"我们以前也养过。"裕志说。

望着狗的背影，我和裕志叹息说，真想念奥利弗啊！只有这个时候，裕志才是真真正正地倾注了感情站在我身旁。直到几分钟前，那还是一具空洞的躯壳。

我祈求这样的时间逐渐递增，哪怕每天五分钟也好。

之后，我们慢慢地穿过公园，到街上散步。和裕志一起在外面走，真的是久违的事了。

"我想走到一个很远的地方去，身体一疲劳，睡得也好。"裕志说。

"去哪里旅行吧。"

"去哪里呢？"

"小笠原①？或者冲绳？"

---

① 日本村名，位于东京都所属小笠原诸岛。

"行啊。"

"真想去看海呢。"

"说到海，除了热海和伊东以外，我只在电视上看过。"

"是吗……"

"所以那个时候我相当感动。"

"更壮观的大海多着呢。风平浪静，有美丽的沙滩，去那样的地方怎么样？"

"真加，你以前都去过什么地方？"

我想了想，说："修学旅行、夏威夷、关岛、越南和澳大利亚。除了学校组织的旅游，其余都是同爸妈，或者我的生母一起去的。"

"这些地方，我平常都只在别人送的礼物和照片上见过。"

"去国外也行呀，先办个护照怎么样？"

"倒也是，一上学就没时间了。"

"我也可以挣路费。"

"我也去查一下存款。"

在灿烂的太阳光下，我们虽然这样聊着，但还没有付诸实践的劲头。我们心里明白，那些话就像玩过家家似的，更确切地说是像念符咒。像这样自言自语似的嘟哝着将来的开心事，一阵清新的风便霎时间吹到我们中间，这样，彼此就能忘记那个空旷得令人束手无策的空荡荡的家了。

不久，裕志说他想独自一人待一段时间，于是从此经常不见人，即使白天露一下面，晚上也要单独待在家里。

我想着得稍微存点钱来迎接哪天去旅行的日子的到来，便开始去附近一家超市打工做收银员。工作事先说好是短期，每天只需几小时像机器一样操作收银机并装袋，所以我能够坚持下来。晚上，我仍旧为母亲草译书籍，进度比过去快了。继高中时代做过裕志死去的那个梦后，当时，是我第二回感觉到我和裕志的关系出现了危机，而这回是我们的情侣关系。我认为我才是那个想要把视线从危机上挪开的人。我处在不安中。不安时若再有闲暇，心就要离开身体，使不安的力量迅速壮大。

然后那不安便企图诱导我采取一些行动，而那些行动大抵不会带来好结果。这道理我也是在院子里领悟出来的。在怀疑自己是否很多事情都做错了的时候，我总会想起在院子里时常见到的四季变迁，它就像茶道一样，一样一样的事物流转向下一轮，没有丝毫的多余。花开花落，枯叶落地，所有一切将在下一时段不知不觉间形成渊源。难道人类会是唯一的例外吗？想到这，我就会重新振作起来。

所以，当裕志消沉的时候，我决定不再神经过敏。不过，我想要集中精力做好眼前能做的事，尽量不去后悔。

尽量不去做无可挽回的事情。

虽然人们不知是想安抚自己脆弱的心还是另有原因，常说没有什么事情是无可挽回的，但无可挽回的事情却是很多。只因一个小小的差错，稍稍一个疏忽便导致无法挽回，这样的事，有很多。在性命攸关的情况下尤其让人切身体会到这一点。裕志确实是明白这个道理的，在有关爷爷的事情上，他只因不愿犯那样的错便甚至不愿随意外出，虽然我认为他做得过分了。

人们只可以说，无论发生多少无可挽回的事，也只有活下去。

也许是站着工作比较累，好几天，晚上我没找裕志就回房睡了。其实，两颗心似乎越离越远，我很难受，就算勉强也要见到他。不过，就像野生动物静静地躲在洞穴中疗伤一样，无所顾虑地独处对目前的裕志来说是最重要的，我想，于是只在白天带上甜食和菜去看他。裕志见到我也冲我笑，但他脸色不好，心不在焉的样子，想碰碰他都觉得仿佛隔得老远。那隔开我们的东西，比隔开院子的篱笆墙，比我房间的窗户都要大。我喝着茶或咖啡，和他稍微聊一点轻松的话题，讲讲那不知能否成行的旅行计划，再说说打工地点的笑话，然后就回家。

有时候，我感觉到我们也许就这样、就这样冷冷淡淡地、就这样一点点地越离越远。

那天晚上我睡不大着，迷迷糊糊中反反复复做了很多回同一个梦后，醒了。

那是裕志敲我窗子的梦。

我睡得迷迷糊糊地睁开眼，心想，奇怪，窗户明明开着的，再往窗户那边一看，却见窗缝里塞着尚未烧尽的、收拾祭坛时掉出来的那些可怕的纸片，窗打不开。我想把它们拿掉，身体却动弹不得，也出不了声。唔——这种时候，那些纸片又来自国外，莫非是十字架？还是这种东西家里就有？正想着，脚边传来奥利弗的低吼。啊，奥利弗，你还在守护着我啊！一想，就醒。

那样的梦反复做过多次后，不久变得莫名其妙起来。莫非这就是清除那祭坛惹来的诅咒……我想着坐起来，东方已经破晓。

这是微弱的曙光从树丛那边到访之前的刹那，是天空独自将清晨带临人间的时刻。口很渴。看着东方天空的颜色，我得出结论：能够消解此刻的我的干渴的饮料，只可能是桃汁。于是我黑着眼圈、穿着睡衣，一路走到便利店。鸟儿在放声啾鸣。我边走边咕噜咕噜喝着桃汁，心想，诅咒这东西不可怕，只是奥利弗的低吼在耳边萦回，叫人心痛。

轻轻推开门，恍恍惚惚踏进明亮的院子。即便狭小如这方庭院，大自然也自是在黎明和夜晚蓄满了它的狂暴。我感觉到，树丛在沐浴旭日之前，积蓄起力量，以一种拒绝人类靠近的威慑力在静静地呼吸着。这就是野性的力量。

我靠在山茶树下的点景石上等待清晨。

桃汁还剩很多，招来成队的蚂蚁，我拂去它们，又喝起来，饮料冰凉甘爽，舒心润肺。

我怔怔地仰望着天，没察觉裕志已向我走来。他静悄悄地朝我走来，在朦胧的晨曦中，那穿着蓝色睡衣的身影模糊不清，简直宛如与院子融为一体的某物的精灵。

"睡不着?"我问。

"嗯,这阵子老这样。"裕志应道。

"老是躺着干瞪眼很难受吧。"我说。

"嗯。不能睡倒没什么,可我有一种快被人逼入绝境的感觉。"裕志说。

"喝点酒试试?"我说。

黎明时分的交谈,不知为何音色含混,仿佛全世界都在凝神倾听的感觉。

"试过,可觉得不舒服又吐了,这样只有更加睡不着。"

"哦。"

"不如让我喝这饮料吧。"

"行呀,还有茶和饭团。"

"我都要。"

裕志喝干桃汁,又伴着海苔的脆响打开饭团分了一半给我吃,还喝了茶。

凉丝丝的空气中,肩和肩挨在一起的感觉暖暖的，使人异常安心这种感觉从未有过，仿佛我们很长时间没在一起了。

屁股下面，长眠着奥利弗，和估计是裕志兄弟所有的那根骨头。

裕志确确实实还活在这世上，他睡不着，正在我身边喝热茶。

"反正总有一天将永久地沉睡，别担心。"

我话音刚落，裕志就哭了起来。哭很辛苦，而且耗费体力，和呕吐非常相似。但我想，无论再疲惫也要哭泣，不正表明裕志他生命力的顽强吗？据说人小时候不哭个够，身体就要出问题。据说即使为跌倒而哭，也不可勉强加以制止，这样有益于身心健康成长。我想，现在裕志是找到一个可以哭泣的地方了，索性让他哭个够吧。

我向他道歉，问他是不是怪我好像诅咒他似的。没有，他回答。

"这回，我一想到你总有一天会死，就很害怕，怕得要命，又对出门和上学感到恐惧起来。一想到那种整天担惊受怕、战战兢兢的日子又要开始，我就对一切都感到厌倦，因此心想，与其那样，还不如和你一块死了算了。这个念头怎么也压不下去。我不是说要杀死你或者殉情自杀，我只是想，只要能一块死去，我就不用看着你死了，那该多好。"

"我可不要那样，你一个人死好了。"

我说。我强烈地感到，之前我一次都不曾认为他内心存在病态之处的裕志，终于走到了极限。他从不随便谈论自己偶然的想法以及未经深思熟虑的事情，因此一旦说出口便总是认真的。在他内心深处，所有一切妄想都将逐渐带上现实感。

"我死的时候你不看不就行了？"

裕志不作声。

"我，现在，还活着。你担心我也没用，该死的时候总归要死的。裕志，现在爷爷过世了，你没什么好担心的了，而你只是因为过惯了担惊受怕的日子，所以才害怕其他生活方式，就是这样，没别的。"

我说。我并没有实际体会到爷爷离开肉体而去那一瞬间的恐惧，所以一想到裕志曾经遭受何等的刺激，内心其实还是同情他的。可我只能这样说。

"还是我试试去巴西或者别的哪个特别危险的小镇，一个人去一个人回来给你看看？可死期到了，就算我守在这条街上，也还是要死的呀，不管你为不为我担心。"

裕志说，这我明白。

"别再受什么多年形成的习惯性思维方式支配了，就像和奥利弗在一起的时候那样，轻轻松松地生活吧。只要活下去，说不定哪个时候，我们会觉得好像忘了现在的打击。因为，你虽然一直那样活着，可我想，事实上你应该已经厌倦透顶。假如你要找一个爷爷的替代者继续过担惊受怕的生活，那我就不明白你为什么还要活着了。因为我认为，凡事肯定既有它可悲的一面，也有可喜的一面。爷爷的过世虽然令人难过，但他也并没有死得那样恐怖、那样痛苦。而从今以后你已经可以不用整天担惊受怕的了。明明此刻开始属于你自己的人生就有可能展开，你却为什么还要说那些伤感的话呢?"

裕志把头埋进我怀里，哭了又哭，眼泪打湿了我睡衣的前襟，也渗透进地面。这简直像一场供养仪式。说不定这也是行之有效的一种行为，我想。裕志的眼泪不会浪费，它们将被大地吸收，为死者带去安慰，爷爷也一定能感觉得到。裕志多年的祈祷、懊悔和寂寞，所有这些都溶解在这眼泪里。我舔了舔，很咸。

一片魔幻蓝的空气中开始徐徐地混入清晨白光的明亮气息，黎明是一段暧昧的时间，无论作何告白都将得到接受。在梦境和现实的交界处，裕志只管为了哭泣而哭泣。

花　束

　　就在那样的日子里，我患了感冒，病倒了。临时工作歇了一个星期后就被解雇了。但我哪里还顾得上，高烧和头痛折磨得我每天失眠。我去医院打了高剂量的针，开了很多药，但病情却持续恶化，高烧只退过几小时，浑身疼痛。

　　"都是裕志的事让你太操心了。"母亲说，"和那样沮丧的人在一起，健康人反而要弄坏身体的。"

　　母亲这段时期很忙，所以我每天自己熬粥。身体不适，只能熬熬粥，此外无所事事。母亲每餐都欢欢喜喜地把粥喝了，又在半夜里叫醒我，告诉我到时间吃药了。于是和来叫醒我的母亲一道吃冰激凌成了我唯一的娱乐。我仿佛回到了儿时，偶尔潜然泪下。母亲半夜来叫醒我，笑呵呵地说着"妈妈实在忍不住想吃抹茶味的，你还来香草的吧"，这样的情景很久不曾有过了。想必一旦结了婚，彼此就将留出脑海某处来想象新的家庭元素，以致相互之间出现一堵看不见的墙。

裕志有时爬窗进来，但我想千万不能把这么重的感冒传染给眼下的他，所以就不怎么放他进屋，也不再和他接吻。

这样一来，一天早晨，像是童话中的精灵拿来的似的，窗前放着小小的一束杂草。想来那精灵是怕吵醒我，因而轻轻推开窗，轻轻地放下。是一束扎得松松的三叶草，阳光照在上面，看起来柔柔的。第二天，是狗尾草搭配不知名的黄花。每一天，花草的种类都在变。

我想，裕志一定是每天去公园看狗。我有一种感觉，仿佛彼此是在不同的地方奋战着。

这个人，长年累月天天与你见面，连你的缺点也无一不知，并且还曾有许多事情，只要有他在就肯定受限制。

然而当我发现，每天一次，不起眼的小花扎成小小的一束败草似的花束，像猫叼小鸟回来那样小心翼翼地、不期然间悄悄放在窗前，我的心却被紧紧地揪住了，这又是为什么呢？

经过休息，我恢复了大半，粥和冰激凌以外的东西也开始觉得可口了。这天，我们也叫了裕志来吃晚饭。父亲因出差不在家，母亲兴致勃勃地做了辣椒蛤仔通心粉。

我和裕志在客厅里看电视，里面正在播有关海洋的节目，没完没了地播海豚游泳的镜头，海豚排列得整整齐齐，或跳跃、或玩水、或滑行，游个不停。我看得入迷忘了说话，裕志也一声不吭地看着画面。

"我说，"过了好半天，画面从海豚转到海豚研究专家时，裕志开口了，"我拿到护照了，方便的话去哪儿走走吧？"

"什么时候办的?"

"你感冒休息的时候。"

"没想到。"

"可以的话,我想开学之前去。"

"学校也申请好了?"

"嗯。"

"你会不会努力过了头?"

"老待在家里也不是个办法。"裕志说出活像一个普通青年会说的话。

"可以去你妈妈那里呀,这样也让人放心。"

正在做菜的母亲大声说道。她像是认为机不可失,急急忙忙说出来。看来,母亲也察觉到我们这阵子不对劲,她不忍坐视不管。

"去我妈妈那里怎么样? 在布里斯班。我想那里也有海豚的。"我说。

"行啊。我第一次出国,希望不要碍手碍脚才好。"

"没问题,我以前去过。"

和裕志结伴旅行，总是突然决定的。我还在为各色各样事情惊魂未定，一时找不到话头，便依旧去看电视上的海豚。

　　我和母亲再加裕志围桌而坐。我一边吃着辛辣的通心粉，一边觉得好吃极了。没想到觉得除冰激凌和粥以外的东西好吃的这天真来了，仿佛不是真的。

　　于是我着手订机票等准备工作，裕志则回去取护照。氛围倏然一变，简直仿佛什么事也不曾发生，我们一直都过着充满活力的生活。尽管我依然穿着睡衣，人瘦了，脚下还有点摇晃。

　　"真加，要是我说了不该说的话……瞧我说这说那的，你别见怪呀。"裕志走后，母亲突然说起这种话来。

　　我在洗东西，听不太清楚，就问："怎么了？"

　　"布里斯班你其实不想去的，可事已至此也没办法，会不会这样？"母亲道。

　　"没有的事，我高兴着呢。"我说。

"那就好。我想你最好出去散散心，感觉上。"母亲笑起来，回自己房间去了。

这种时候，我会想，莫非所谓血脉不相连指的就是这种情形？就我而言，有母亲在背后支持我，我当真很开心。

我认为，假如单是平平常常的言行举止便显得过分劳神费力，就有问题了。在我看来，平常，大抵上人们都显得过分劳心劳力。我不懂，为什么要那样努力，朝的又是什么目标？

话虽如此，我的人生倒也并非如何地精彩满溢。我感觉自己的人生，仅仅是在体味着某种金光灿灿的东西经过之后的、它尾端的闪亮处。当然，为了生活而任性撒娇的事，我多半不会做。我决不会不顾念母亲的工作及母亲的情形，而优先考虑自己的心情，那是因为我做那一点点工作她就让我待在这个家里。即使父母再怎么相劝，我也不会让他们花费无谓的金钱让我进我多半不可能去的大学。此外，基本上，无论情形如何我也不会对裕志所说的话表示轻忽。无论处在怎样的情绪中，健康始终是我所关心的。我是非常现实的。若非如此，院子不会带给我冥想空间，院子里的风景将变成容纳我娇纵的心的延伸，即被随意排放的美梦的空间；父母则恐怕在疼爱我这个拥有不太可谓一般的经历的女儿的同时，内心某处却早已想要赶我出门；而自己，即使成了老太太也依然沉浸在自己的世界里，待在院子里度过余生。我并不怎样脆弱。但即便如此，即便我一直是那样地要自己看清现实，现实还是让我有所感悟。

长此以往，其间尽管将发生各种各样的事，这份感悟也不会丢失，那就是，像这样的如此之金光灿灿的美梦，我可以尽情地做完之后再从这个世上消失，这也许是准许的。

我想，这，正是院子、自然以及微不足道的幸福等等那些东西所带给我——虽不太热闹有趣开心快活却踏踏实实过活的我——的魔法，对我的恩宠。

之后几天，我脑子里光想着旅行的事。看着裕志簇簇新的护照以及新照片，我就有一种亮堂堂的感觉，很开心。布里斯班的母亲那里我也打过电话了。我知道：现实正朝着目标切切实实地在移动。

裕志开始在我房里过夜了。

一天夜里，刚刚关灯睡下，一阵风从窗口吹进来，蓦地将一缕花香送达我鼻孔。花香来自裕志扎的花束，我将它们制成了干花。我回想起那时的情景，对他说：

"谢谢你前段日子每天给我送花。"

"扎花很有趣，为了采小花我还去了很远的河边。"裕志的回答传了过来。

"里面也有四片叶子的三叶草吧。"我说。

"没想到很快就找到了。"他说。

"非常感谢。我好开心。晚安。"

"晚安。"

黑暗中，裕志扎给我的一把把花束的干爽味道飘飘绕绕，令人神清气爽。

第二次蜜月旅行

在飞机上，裕志沉默不语。我也决非喜欢坐飞机，可一旦切身感知他人由衷的伤痛，就能觉得自身的伤痛没什么大不了的了。尽管如此，裕志表现得很成熟。他可能是想，事情既然已经决定，就算再怎么不情愿也不能埋怨。他没有冲我乱发脾气，只管窝在家里抱紧自己，任凭时光流逝，我因此感到佩服，也对他心生同情。我想，我之所以能够在不高兴的时候喋喋不休发牢骚，是因为我生长在一个能够发牢骚的环境里。

好容易抵达后一看，布里斯班机场新建不久，十分漂亮，早晨的阳光豪爽地倾洒在草木葱茏的广袤大地上。我们在大厅等候母亲。裕志的脸色也一点点地有了好转。

　　过去，我对裕志讲过许多我单独来布里斯班玩的时候的趣事。我想，也许那些事成了种子长久以来沉睡在裕志体内，所以这次才毫不费力就定下了目的地。当时，尽管连自己也担心会不会说得太多了点，但终究兴奋之下滔滔不绝全说了。这时候，我庆幸当时讲过。关于生母，见过面之后我也常对裕志提起。继母装作很想询问有关生母和我见面时的情景的样子，可实际上却显得有些不大想听，我也就不好对她细说。因此，除了或开心或有趣的事以外，那些触动心弦的经历，我都是和裕志说。

　　生母的丈夫经营一家自然化妆品公司，她的工作便是为他们的产品设计包装或者绘制广告画。公司打算将来在日本也开专卖店，所以两人有时也相伴来日本。母亲从一开始便在我生日或其他什么纪念日里，坚持给我写信或打电话，所以，我从来不知道，离家而去的人一般不会那样坦诚地同自己的女儿进行交流，直到我看到别人家的情况。父亲和继母都完全不见丝毫介意的样子。母亲的信总是充满感情，有时讲她情绪上的大起大落，有时则写来商量事情，让人感觉她简直不像是一个成人，有趣极了。

有件事发生在我高中时见到她的某个晚上。

那天接近圣诞节，来日本的母亲给我买了一条昂贵的项链，她那从钱包里拿钱时的手势和我实在太过相似，以致我看得出了神。人们总说遗传如何如何，不料浅显易懂到如此直观的程度。我切实地感受到，这个人的细胞就活在我身体里，此刻它们为了寻求同一运动方式而显现在外。见母亲给穿水兵服的我买如此贵重的东西，店员也说，多好的妈妈呀。小姐，你和妈妈长得一个样呢。

我们吃吃笑了。

由于隔几年至少见上一面，所以那时我也并不紧张。一起吃饭的时候，我说，我可能过不多久就要结婚。你怀孕了？母亲问。接着她说，没怀孕就在高中时期考虑结婚，这可是不一般啊。你会不会太缺乏年轻人的朝气啦？以后有了真正爱的人怎么办？至今和多少个人交往过？母亲像个朋友似的问题不断。我回答说，曾经和有几个发展得不错的，但总是被裕志有意无意地搅和了，所以弄成现在这样子，再说目前情况比较特殊，我就想等真正爱人出现了再跟他商量。母亲笑起来，哈哈哈，你太可爱了，说得你们跟老夫老妻似的。她那轻松随意的态度、她笑容的那种感觉，大大地温暖了我。经常地，当持续被众人问及同一个问题，并看到雷同的反应，即使是自己并不上心的一桩小事，也能在不知不觉间变得严重起来。至于说到裕志，对我而言，他是轻易无法用语言表述的一个领域，所以我心里总不畅快。不过，母亲的笑脸使我心情很好。

天冷得快要下雪，我穿过银座，送母亲回了旅馆。母亲说，来，真加，我们牵着手走好吗？我说，我和家里的妈妈还有裕志都没有那样走过呢。

但是母亲硬是拉住了我的手。没办法，我只好收拾心情，快快乐乐和母亲同行。手的温暖和空气的寒冷，路上行人呼出的白气，仰望夜空中浮现的和光和三越①莫名生出恍如置身异国的感觉，母女俩唱着歌，牵在一起的手荡向前荡向后，这些在当时并不觉得有什么，不料印象极其深刻。那时候真的是很开心。

常常地，通过回忆起某件事，感受到远比当时所感受的更为强烈的快乐，你才能明白那个人的重要性。

令人惊讶的是，出现在机场的母亲怀着身孕，那大大的肚子预示着她随时可能分娩。真神奇啊，这个和我有着血缘关系的混血婴儿，一定会很可爱吧，我想；又想，下次再见面，我肯定能亲手抱他了。想到这，我莫名地一阵神思恍惚，感到这世界

---

① 和光和三越：日本两家著名百货商厦品牌，其银座分店隔街相望。

广阔非常，存在为数极多的可能性。

母亲招呼我们上了车，快速向市内驶去。一到公寓，母亲便以惊人的速度做了自我介绍，介绍了室内布局，利索地泡好咖啡，然后交代说，工作室目前暂时不用，你们随便用吧。我有个约会，今天不陪你们，明天一起吃晚饭吧，晚上打电话给你们，她说完就出去了。整个见面过程如同一阵暴风雨。我几年前来过母亲用作工作室的这处公寓，所以大体情形都了解。

裕志还在发愣。这也难怪，几天前他还窝在家里整理爷爷的遗物，现在突然被抛到一间没有院子没有榻榻米没有潮湿的风的、天花板很高的空荡荡的房间，他一定感觉像在做梦。我在飞机上睡不大着，很累，就决定先小睡片刻。我拿来毛毯刚躺到地上，裕志也从我脚边挤进来，两人就这样头脚交错地躺着，仰望着天窗。

"怎么不到床上正正经经地睡?"裕志问，声音里带着浓浓的睡意。

"这里只有被子，铺床很麻烦，而且，真要睡，恐怕一觉睡到明天早上。待会儿你不想去散散步吗?"我说。

"天空亮得晃眼，睡不着啊。"

"没关系，光躺躺也能消除一点疲劳。"

"真加，你什么时候也能像伯母那样丰满吗?"

"那是因为她怀孕了。也行，只要你让我怀孕，我随时能丰满起来。"

"那还早了点吧，再说也没钱。"

"这不结了?"

就这样，两人心不在焉地聊着聊着，睡意越来越浓，不知不觉间心情舒畅地睡着了。舒爽的清风透过窗子吹进来，我闭着眼也能感觉得到旁边裕志的脚。我又忘了岁数。过去我们也经常这样午睡。

蓦然醒来，发现裕志正定定地看着我。

"刚才，在陌生的地方醒了，看到熟悉的你，又不知道现在大概几点，感觉怪极了。我经常做这样的梦，梦中的天空蓝得出奇，现在我人在这里也只能认为是在做梦。"

"我也是。"我睡意蒙眬地回答。

"口水流出来了，这里。"

"谢谢。"

"刚才看着你的脸，仿佛看到你怀着身孕，站在山茶树下，膝盖满是泥。"

"会不会是未来的我？"

"可能吧。"

那时两人多半同时都在想，我们俩眼下是怎样一种状况？傍晚的余晖，像在说此刻一去不回似的，伴着千变万化令人眼花缭乱的色彩从窗户透进来，强烈的光线像施魔法一样将屋里所有东西一件件地变成了金色。陌生的家具、颜色陌生的天花板……将来的事谁也不知道。只要能够适当地卸去现在这一状况的沉重，我们就能从大部分的事情中感受到快乐。与其想象未来那些从未目睹的状况的画面，不如欣赏眼前的光线，它来得更美、更强烈。世事总是如此。

都来到布里斯班这么远的地方了，裕志晚饭想吃的食物却是辣味通心粉。他这回像是迷上意大利面食了，而转变的轨迹又容易看清楚，那一份自然令我心情舒畅。我有一种感觉，这象征着他的内心正一点点地变得坚强，并且已经开始面对外部世界，以求也能够接受刺激性强烈的事物。

　　我们轻装出门，轻简得惊人，只带了钱包，穿了凉鞋。走到街上，我才猛地回想起这小镇的色彩，一些印象首次直接进入脑海，比如这地方适合生活，是座富裕的小镇，但天空稍嫌太高太透明，使人感觉无聊、寂寞。有些事，不身临其境便无从回忆，我喜欢那些令往事复苏的一个个瞬间，很自由的感觉。

　　从母亲家出来步行十来分钟，我们来到一个称得上华丽的热闹地方，商业街一眼望不到尽头，符合旅游区特色。我们在超市买了一些材料。当时我精神十分集中地挑选各色货品，偶一回头，发现熟识的裕志就在身边，我竟再一次忘记身处异国的事实。

商业街正中段不知为何有一家咖啡厅，我们渴了，就在那里喝了澳大利亚啤酒。也许是累了，我酩酊大醉，脸也红了，再看裕志，他也满脸通红，让人以为是给夕阳映照的。逛商业街的人感觉都是日常生活中的人，他们在明朗的氛围中向着目的地行进。夕阳下，所有人看上去都很幸福，甚至一个寂寞的人，一旦混入去处明确的人潮，心灵或许也能得到滋润。普通店铺里的人们在准备打烊，消除一天的疲劳，餐馆和酒吧之类则纷纷亮起灯饰，显示出做生意的劲头。看着这充满活力的景象，你会觉得千里迢迢来到这里，当中唯一一段令人感觉安稳的时间，就是这昼与夜之间的时刻。镇上的灯火次第点燃，开始清晰地浮现在暮色中。正是夜开始绽放生命的光彩的时候，一日的光阴因此增添深度，风景因而令它美好的固有风味愈发浓郁。美景当前，我呼出一口气。

再一看，裕志把头埋在超市的袋子里，在哭，我吓一跳，望着他，他摇摇头，我也就不问了。裕志几乎立刻止住了哭，很平常地问我："想不想喝咖啡？"于是我们又接着散步，去寻找一家看起来咖啡香浓的咖啡馆。

肯定是因为夜的来临太过美丽，致使他受到了震惊，我想。可能震惊是近期的他不曾拥有的感情。可能是这感情汹涌澎湃满溢出来了。

事物复原的过程是赏心悦目的，和季节的变迁相似。季节决不会变得更好，叶落叶茂、天青天高，只不过像一种发展趋势而已。和这一过程很相似，当我们的心情恶劣到以为世界末日来临，那种状况却一点点地发生变化，尽管并非有什么好事发生，我们却从中感觉到某种伟大的力量。突然觉得食物津津有味，或蓦然惊觉不再难以入眠，仔细想想真是不可思议。痛苦淡淡而去，路程与来时相同。

自从爷爷的身体状况恶化至今，看其间裕志的情形，正与这一过程十分相似。也许，即便被迫闭居高楼大厦的一室，山川海河皆不得见，但只要体内有鲜血奔流，人就能沿着类似于大自然流转的生命之河活下去。

梦、树袋熊、夜晚的海

　　活像在日本的时候一样，我和裕志慢悠悠地吃了饭，看了一小会儿尽是陌生节目的电视，冲了淋浴，漫不经心地做睡前准备。

　　关掉大灯打开小灯，满室顿时罩上一片床罩鲜艳的橙红。

　　"真漂亮，日本可没有这种颜色的亚麻布。"裕志说。

　　这么说倒真是的，我想。两人在相当长一段时间里端详着房间的模样。朦胧的灯光与那淡淡的粉红的组合，给人以非常细腻的感觉。床单干爽的触感，还有灯光映在天花板上的柔和质感，都可以使人产生一种心理，觉得这个房间是基于某种名为幸福的温馨概念布置而成的。长久的沉默中，感觉到裕志的脸就在身边，我不由得想，自我出生以来，绝大部分时间都是和这个人共同度过的。如同奥利弗偶然被我们家收养，后来不容分说与我共度了一生一样，和裕志，也是不经我主动选择就成了这样的状态。

我反复回想刚才傍晚的商业街的美景，那是两人共同看到的许多美好事物中相当上乘的景致，那灯火和天空的色彩令人屏气凝神，单单想起，那透明的空气便充盈胸腔而来。时间已经越过那一段时光往前，那光以及裕志的手那温暖的触感已成回忆，再也不会回来。此刻，灯光映得我的手泛起粉色，就像婴儿的手，但只要闭上眼沉浸在今天舒适的疲劳中，这双手也将在明天早晨消失得无影无踪。此刻，我不愿想起存在于头脑中、存在于理智主宰的世界的一个称作"时间"的框框。

"裕志，其实你想在国外生活？有没有想过去美国？"我问。

"从来没想过。"裕志断然应道。

我沉默了。裕志也沉默半晌，不多久突然开口道："我一直想当一名动物美容师，我好像有点怪。"

"怎么啦？"

"有时候我能听懂动物说的话。"

"啊！"我一惊，坐起来，身影摇晃得厉害。

"瞧，你不相信。"

"先别管信不信，明天我想去看树袋熊，到时候你要是能明白树袋熊在想什么，就告诉我。"

我不知道该把它当作裕志一反常态的玩笑，还是当他在说真话，只好暂且敷衍过去。

"行啊，明天我就问问树袋熊在想什么……啊，和自己喜欢的女孩来到国外，却说这种事，我真像个傻瓜。不知道哪天你也会死掉，我们得讲一些更有趣的事情才行。"

"一直都够有趣呀。"

自己喜欢的女孩这个词叫我感慨。

两人不再说话，不久耳边传来他的鼻息。他在飞机上没合过眼，想必累坏了。最近，我不知是被裕志神经紧绷的睡眠和神经紧绷的身体所震慑，被他深沉的悲痛所吞噬，还是该怪身体状况不好，连梦都没做一个，而且早晨起来浑身疼痛。

裕志好久不曾不被噩梦惊扰、呼吸不浅促了，望着睡眠中的他，我也觉得能够久违地做做梦了，做比我所认为的我更能坦诚表露我内心的梦。

于是，我做了这样一个梦。

时间背景定在我和裕志即将开始至少几年的分居生活前夕，不知为什么，我们走在一片十分广阔、辽远的草原上，天空呈现橙、粉、红相混的颜色，一定是晚霞燃得正旺的时候。分居的原因是这回找到了裕志的母亲这个人，她住在荷兰，裕志要去那里留学。在梦中，不知怎的，我因为某种原因不能跟去。感觉像是事情谈完走出家门便莫名其妙踏上了草原。我的心空虚又寂寞，像要遭受暴风雨冲刷的感觉。

"晚饭吃什么?"我问。

"那样的生活最有趣,对吧?"裕志回答。

我没怎么难过,只是感到有什么东西不对劲。假如知道是在梦中,我一定希望尽快醒来。但是在梦中现实就是那样,我和裕志依依不舍,始终在草原上走着,风迎面刮过,天空的红越发浓重了。我们来到一座小山丘下,气喘吁吁一声不吭爬了上去,山下看得见城镇的灯火,灯火次第亮起,显得像珍珠闪着白光从蓝色深海的海底一颗接一颗浮上来。草尖儿在风中摇曳,闪烁着金色的光。

我坐下,裕志跟着坐下。天上,云儿色彩变幻不定,向西飘远。

"多美啊!"我说。寂寥的氛围伴随着这句话突然萌生。

"我觉得我们现在比以前任何时候都更像一对恋人。"裕志说。

"你是说,我们把顺序弄错了?"

"也许吧。"

"可是，已经晚了。"我说。

眼泪下来了。我把脸埋进裕志的肩窝。我想，明明信赖和爱情都不曾衰减一丝一毫，可我的心情却为什么变得如此黯淡呢，明明世界美好依旧。

时间的流逝，是何等令人痛苦的一件事啊。虽然拥有肉体的我可以忍受，梦中的我却容易受伤，无力招架……更脆弱、随时可能消失，并且暴露无遗。意识到自己作此感想时，我就想到，啊，这也许是场梦。是梦就好，但愿是场梦。霎时间，泪止住了。这下又想，我在朦朦胧胧中看到的夜景，还有草的气息和风的感觉却是那样逼真，尽管是在梦中。可是，要真是梦该多好。无论怎样无聊，无论怎样腻烦，我都要和裕志在一起。触摸不到裕志的每一天，就像不再能够抚摸奥利弗的日子，对了，就等于裕志死掉一样，对我来说是残酷的。

我被景色的过分美丽和浓烈的感情击垮了，出不了声。夜晚迟迟不肯来临，西边的天空始终白光闪闪，白得活像荧光灯。夜还是不要来的好，我想。没有裕志的人生时光我不愿想象。

天际，透明的粉红和橘红被渐次吸收，出现了一种仿佛我出生前见过的、怀旧的色彩。

"怎么做这种梦！"

起来后我很生自己的气，想找裕志，他不在，似乎早已起床出门散步去了。旁边，被褥已经照裕志一贯的叠法叠好。在早晨的阳光中，我混乱不堪。一旦某个人不在便束手无策到这种地步，这样的人生，我认为很可怕。而在生活中发现有那样一个人存在，就是恐怖了。裕志怕我死掉，怕得有点神经衰弱，我这时才觉得捕捉到了他那时候的心情的一丝半缕。

梦中的不安还残留在我体内，心脏不自觉地怦怦直跳。直线似的早晨的光线透过天窗射进来，鸟雀唧啾个不停，嘈杂烦人，响亮得让我怀疑哪来这么多鸟一起叫，那叫声保准来自广播或者 CD。为了让自己平静下来，我拿出牛奶喝着，慢慢地，那幸福的感觉又回来了。做了一个可怕的梦醒来，天气晴朗，我在干爽的空气中喝着牛奶。玻璃杯出汗了。我有心情想想今天去哪里了。

梦有时使我们意识到日常生活是如何脆弱的东西。我想，也许是年轻造成了不稳定。即使我们认为自己像一对老夫老妻，我和裕志体内也一定依然充满着与年龄相称的活力，针对这场早婚乃至它模糊不清的全貌，年轻的能量肯定产生了某种抵触情绪吧，因此，它偶尔地要变身成梦发泄出来。

无论发生怎样的事，我都不会害怕。然而唯独像梦中那样，面对鲜明真切的感情，活脱脱幽灵似的木知木觉地迎上去，是我所害怕的。裕志遭遇了爷爷的死之后，才不得不清醒地面对种种事情，就如同现在，他迎来了用眼泪冲洗往事的痛苦的每一天。

裕志散完步回来了，不慌不忙地说道："你被梦魇住了，吵得我睡不着，就起来了，壮着胆子一个人到外面喝了杯卡布基诺，淡是淡了点，可很奇怪，味道好得很。早饭我请客，待会儿我们再去吧。"

我点点头，开始梳洗打扮。

我和裕志乘上出租车，去了过去我和母亲只去过一回的一个像动物园的地方，一个旅游点，里面养了许多澳大利亚的稀有动物。我们最先去了圈养树袋熊的地方，这里有好几座围着栅栏的桉树林，树袋熊挂在树上，索然无味似的把桉树叶含在嘴里嚼着。四周弥漫着桉树叶的味道，整体笼罩在一种难以说清的悠闲但却缺乏活力的氛围之中。我问裕志，怎么样，你能告诉我这些树袋熊在想什么吗？

"它们只想着桉树呢，现在不行啊！"裕志说的时候一本正经，有些好笑。

"这个我也知道呀。"我说。

在这片绿树成荫的广阔天地里，大袋鼠们就像奈良公园①里的鹿那样旁若无人，有的跳来跳去，也有一群雌袋鼠以袋鼠王为中心围在树下，还有些家伙甚至在交配。这种动物在日本被视作珍稀动物，在这个空间里却极为普通，很多，感觉就像狗或猫之类。我想要欣赏这片宽阔的草坪上生物散布的全景，就坐到了长椅上。裕志在远处目不转睛地看大袋鼠，有时还摸摸小袋鼠。不久，他朝我这边走过来，在我身边坐下了。

"这些家伙跟老鼠似的，心灵不大能沟通的感觉。"他一副不大中意的样子。

"刚开始接触的动物都这样。"我安慰他。

坐了一会儿，鸸鹋过来了。这种鸟像鸵鸟那样极具动人力量，脖子长，头大，差不多有我的头一样大小，眼睛漆黑漆黑的，长着许多只能认为是睫毛的东西，显得非常可爱。

"不会啄我们吧。"

----

① 奈良公园：位于日本奈良市东部，内有鹿苑，以散养鹿闻名，所养为梅花鹿。

我定定地望着鸸鹋，裕志也看得入迷。这时，远处的鸸鹋们也相继快步走过来，我和裕志都像被它们围起来了。它们身上的羽毛成簇成串地摇着，满脸的正经样十分滑稽，让我和裕志笑不可止。

"奇怪的生物，奇怪的时间。"我说。

桉树的气味随风飘来，日影中，唯有时间流逝而去。

入夜，在面对港口的意大利餐馆，我们和母亲相聚了。

母亲穿一件白色针织连衣裙，挺着的肚子特别显眼。某个时间，我也曾是在这个肚子里呢，我想。我们一面吃饭，喝红酒，一面欣赏夜景和倒映在水面上的船舶的灯火。裕志又是一番大吃特吃，似乎要把失去的某些东西补回来。连母亲也感叹说，裕志看起来挺瘦弱的样子，饭量倒不小哩。在吃甜品喝咖啡的时间里，裕志向母亲提了一个问题，他问母亲当年怎么没带上真加一起走。

我以为母亲会生气，看看她，却在微笑，眼角的皱纹很美。

"就算现在，真加也还是我心中的一部分寄托啊。虽然分开了，我还是有一个这么大的女儿。而且，真加①这个名字还是我起的，里面包含了我的愿望，我希望她处于自己人生的中心位置。另外，我和她爸爸分手，也并不是因为讨厌他。"

我们没作声，母亲继续说。

"不过，你现在的母亲和父亲相遇的时候我也在场。我不知怎么仿佛看到了未来。他们俩不单是相互吸引，还住到一起生活，真加甚至就生活在他们中间，这些我全看见了。我输了，当时我就想。想是这么想，可也要为你想想，也许我应该和他们斗一斗的，可我怎么也做不来，于是故意到处游荡，住旅馆，在男人家进出。我这样做，一半是不想看到事态的发展，一半是希望他能挽留我。可

① 真加：日文原文作"まなか"，意为正中、正中央等。

是，我已经看到了未来。可能是怕自己没法痛痛快快地了断吧，虽然清楚他们的关系反正要飞速发展，可我到底讨厌每天看到他们。我自尊心强，这对我来说就是一种拷问。可我又没法让时光回到海边平静的生活，还能怎么办。时间不会倒流。我也曾经祈求上天让奇迹发生，可他们两个的结合是命中注定的。他们现在不是依然很恩爱么。假如我一味固执，恐怕要两败俱伤，此时此刻、我肚子里的这个孩子大约都不会存在了。唯有在这种时候，我相信上帝。"

母亲笑起来。这些话我是第一次听到，虽然以前也有机会听，但母亲从没讲这么多、这么细，这大概是她对女儿的丈夫的一个郑重的表白吧。

"有一天，我痛下决心回到家一看，你爸和你现在的母亲在厨房里有说有笑，炒菜的声音和扑鼻的香味从里面飘出来。这里明明是自己家，明明我才拥有女主人的权利，可我却怎么也没法抬脚进去。我就一直在外面待着，听到你的哭声，听到他们哄你的声音，可我始终没法进入那灯光里面。我想过嘻嘻哈哈地现身，也想过大吼一声'给我出去'，种种念头轮换支配着我，每一样都好像可行的样子。然而我明白，无论实践哪一样，都无法填埋心中的这份空虚和凄凉。虽然之前我一直在努力做很多事，可这回是无药可救了，只要我还是我，你爸还是你爸，这就是一种必然趋势，无计可施。我非常震惊，久久地坐在外面的水泥地上，饥肠辘辘，听着里头共进晚餐的声音。因此当我重新站起来的时候，我就没再回头看一眼。我乘上夜行列车，吞了安眠药，走下夜晚的大海。"

"妈、妈妈?"我一惊，叫出来。母亲继续说道：

"这些话，可得一辈子对他们保密呀，丢人。就这样，我走到深水里等死，然而我太兴奋，加上那段时间老吃安眠药，所以药效完全出不来。我就那样跟个傻瓜似的不停地踩水。夜光虫一闪一闪发出不白不绿的萤光，波涛声和水流声十分真切，海水很温暖，远处港口的灯火仿佛宝石闪闪发光，海湾勾勒出漂亮的曲线，夜空星斗满天。多美呀，地球毕竟是美丽的，我想。就是在这个时候，不知怎的，一只大充气球悠悠地漂了过来，我放声大笑，抱住了它。只有抱住它，我觉得。于是，我漂啊漂，不知不觉随着潮水漂到靠近陆地的地方，脚都能站住了。没办法，我只好抱着球摇摇晃晃上了岸，身体重得像石头一样。这时，一对恋人跑过来，说谢谢你替我们拾上来，说完接过球走了。据说他们一时兴起，乘着夜色在海滩上玩了玩沙滩足球。我口齿不清，全身湿透，回了句不客气，倒进那边的一条小船里睡着了。醒来已经是早上了，浑身疼痛，阳光晃眼，有种扎人的感觉。接着，我也不管衣服还粘在身上，光脚登上电车回去了。"

"后来怎么样了？"

"我去了一个朋友那里。因为我回不去了呀。再说还死过一回。就在一个星期前，我还有家庭，还抚摸着你散发着奶香的温热的身体，好像也看得到未来，想到这些，我心里苦极了。不过，在夜晚的海中，当那只球漂过来，当我抱着球朝岸边漂过去的时候，我心里充满了感激，眼泪止不住地流下来。我想，虽然世界一向不管我死活，但世界是有趣的、美好的，还充满了仿佛爱情的东西，我不过因为前途渺茫就跳到海里游来游去，一点都不值得同情。我觉得自己像是漂浮在夜晚的海面上的天使了，万家灯火、水、星星全都清清楚楚、晶晶亮……我觉得它们好像成了极其天真无邪、纯洁、得上天庇佑的、瑟瑟发抖的小小的存在。我仿佛来到了一个美妙无比的地方……那以后，无论之后还是先前我都从没见过那样令人感动的美景。来了这边之后，我去过艾尔斯岩①以及其他各种各样的地方，壮观的大海也看了不少，可就是没法感动到那种程度，可能是心灵不够富足吧。"

---

① 世界上最大的独体岩石，周长 9 km，高 342 m，表面会随阳光的不同照射角度而变换色彩。位于澳大利亚北部地区的西南部。

母亲笑起来。

故事倒不凄惨，却十足叫人难受。我和裕志一边闭着嘴吃着当甜品的蛋糕，一边点头，脑海里满是夜晚的大海，耳边仿佛回荡着波涛声。

岛、海豚、嬉戏

　　和母亲吃过饭后的第二天早晨，我和裕志乘船去一个据说可以看到海豚的岛上，展开一段小小的旅程。船从一个小码头出发，码头冷寂得惊人，几乎空无一物。但景色恰如一幅照片，还没上船，一些词句便浮现在我的脑海：一方碧空，一湾清水，小小的牵牛花似的花儿竞相开放，回忆。

　　船慢悠悠地划到我们面前，依然慢悠悠地在碧蓝的海面上滑行，不久，能看见绿意盎然的一座小岛了，也看得见木造的大大的一座栈桥了。裕志吃了晕船药正呼呼地睡着，样子活像一个小男孩，前额被汗水粘住的头发在风中飘起来。我目不转睛地久久地望着他的眼睫毛以及四方形的指甲，我的心重又丢失了历史回到孩童时代。我非常熟悉的那些小小的指甲，究竟遵循了怎样的一种规则，以致能够保持形状完全不变、就像这样只是越长越大呢？

走上栈桥渡海，海底的白沙清晰可见，蓝蓝的水上漂浮着许多白色的鸟儿。从岛上放眼大海，海面平滑，海水缓缓地波动着，仿佛一种胶状液体。因为位于大陆和岛之间，所以海水才如此地平静吧，我想。这番格外的美，叫我的脑袋晕晕乎乎起来，第一次乘船、第一次上岛的裕志也惊得说不出话来。

顶着强烈的阳光，我们朝一间小屋走去，一间刷刷白的旧房子，透过窗子，能看到来自各国的新婚伉俪以及海豚爱好者，他们有的散步，有的晒日光浴，还有的在享受潜水的乐趣。岛上的阳光明晃白亮，强似大陆百倍，照得人连身体内部都仿佛盛满了阳光。天花板上，电扇慢悠悠地转啊转，影子投在地板上，轻轻柔柔。

"真是个美妙的地方啊。这么美妙的地方，我还是头一次来呢。灿烂的阳光、洁白的沙滩、美丽的大海、快乐的人群，简直像天堂，像梦中出现的风景。"我激动地这样说道。

"嗯，这种地方可能也是我想来的。只是我对旅游几乎一无所知，也不太清楚这样的地方都在哪儿。"裕志一面一丝不苟地打开行李一面应道。

不过是住两夜的小旅行，裕志却带了很多行李，这种做法是唯一让人感到他不习惯旅行的地方，除此之外，裕志一直是平常的裕志，并没有特别使人感到来到外国的那种假模假式。

我不很了解裕志。虽然有关他的日常生活、身体部分、思维习惯，甚至连琐碎得厉害的细节我都清清楚楚，但至于裕志除我之外还有些什么样的朋友，喜欢他们到什么程度，独自一人时如何睡去如何醒来，喜欢怎样的书及音乐，对怎样的东西感兴趣，脑袋里装着怎样一个世界，这些我都不太清楚。看着裕志打开行李，把西服整齐地挂到衣架上，又展平上面的皱褶，我感到自己所不了解的部分是那样地大。

"这里和日本最大的不同，是阳光的强烈程度。这么耀眼，好像在接受清洗似的，脑袋要一片空白了。"裕志笑道，"待会儿我想散步去，行李整理完之后。"

"行。"我回答。

我几乎没带东西，马上得买点衣物，还要买些饮料放进空荡荡的冰箱，为此我独自出门去远处的一个小卖部。我沿着海滩一直走，一边看着强烈的阳光下光芒闪耀的大海。沙子跑进了凉鞋里，皮肤晒得火辣辣的，这都令我欣喜不已。在小卖部买完东西，我又累又渴，便又去隔壁的酒吧一个人喝了生啤。

大海始终荡漾着一种仿佛人为的湛蓝，天很高，许多不知名的白色鸟儿在翱翔。我眺望了一阵子这幅图景，然后沿着像是在小楼之间穿梭而成的绿意葱茏的小道，走回到裕志所在的房子。一路上，我闻着树叶的气味和潮水的气息，透过树木的间隙望着金光闪烁、耀眼夺目的大海。

走在明晃晃的阳光下，酒有些上头，人有些犯困时，我从故乡小小的院子里解放出来，被从未见过的树林拥抱着，随口哼唱着老歌……突然，我强烈地体验到裕志不在身边的感觉，一种从未有过的强烈，接着疯想道，我们果然已经是绝对不准分开了呀。

阳光下，这念头令我一阵晕眩。我在一个从前拴过锚的破旧不堪的泊船处坐下来，凝望着波涛平缓起伏，草坪上闷着的热气使我感觉很舒服。

各色各样的人大笑大闹着从我眼前走过，但他们的幸福感恐怕都不如此时的我来得强烈。

傍晚，我们决定去崖上看海豚。

我们沿着坡道向上走，在干草上长出的奇怪植物中间钻来钻去。天空就要暗下来，染上了微微的红晕，崖边已经聚集了不少海豚爱好者，都带着望远镜。这么多人并排站在崖边，顶着狂暴的海风齐齐望向大海，那场面仿佛电影中的一个场景。

当视野打开，从海角尖端看见大海时，我被那前所未见的壮观景象所压倒。悬崖又高又陡，下方巨大的岩石看起来就像小石子。眼前的大海也显得非常遥远。灰色的大海绵延至远方，三角形的海浪简直如同无数的岩石，一浪接一浪覆盖了海面。这番景象，令人不得不感叹人类的渺小。

我目不转睛地紧紧盯着人们手指的方向，不久终于看到了很多海豚。连绵不断的浪尖遮挡了视线，从波谷能看见它们小如小指尖的光滑脊背。仔细再看，发现数量很多很多。还看到几只一组成排跃出水面。只见它们排好队，瞅准时机就冲上浪尖。由于它们和倒映着晚霞的大海差不多一样灰蒙蒙，所以一时看不太真切，但是等眼睛慢慢适应后才发现，就连几乎已经看不见的遥远海面上，也有很多的海豚在嬉戏。

看上去就像宇宙的这整整一片海洋，漫无边际，大得令人毛骨悚然，广得恐怖，对海豚来说却是生活的空间。凉飕飕的风和干燥的黄土构成一道严酷的风景……我于是明白：海豚不仅仅只是像可爱的宠物，它们是生活在如此残酷的世界里的野生动物。

"不知道它们开不开心。"裕志说，"海浪看起来那么冷，又猛，换了我，待在里面吓得哪还有心思玩啊。"

"海豚就是以大海为家的呀。"

"住在那么严酷的地方，还有兴致跟什么人类玩耍，它们真是宽容的动物啊。也许在它们看来，人类这种生物，是没资格进入大海的吧。"

"感觉它们就像婴儿一样呢，对吧？"

太阳沉得很快，四周的暮色一点点浓重起来。这里的夜晚来临得很是不可思议，犹如鲜红和深蓝交融的一团雾气迅速变浓。无数海豚的脊背和无数的灰色波浪越来越协调，越来越难以分辨。就那样，直到大海迅速接近黑色，四周的树木变成了剪影，我们一直在那里坐着，为这景色所倾倒。大海格外辽阔深远，看上去如同随风飘动的一幅巨布。大自然通过改变风景来慢慢地转动透明的指针。平常的那种时钟这里也有，它转动的速度和方法与我家院子里的完全相同，只不过规模巨大化了。

夜幕即将完全降临，夜色迅速浓重起来，把黄昏的暧昧裹进了黑暗中。气温转冷，四周的人们都已散去，我们也手拉着手踏上返回的坡道，途中在一家小超市，站着喝了两杯热的纸杯咖啡。

"你们是来看海豚的吗?"店里的阿姨问。

我笑着回答说是啊。如果我们能像阿姨眼中所见的那样，是一对单纯的年轻恋人，一起旅行、吵架、险些分手、就快结婚，那该多好啊。裕志笑嘻嘻地喝着咖啡。裕志的幸福是沉痛的。海上有很多大颗的星星，星光闪耀。

在岛上唯一一家餐馆吃过晚饭，因为怕踩到蛇，我们避开林边路，深一脚浅一脚地在雪白的沙滩上散步。沙粒隐隐反射出亮光，朦朦胧胧的，一切仿佛要浮起来了。

大海泛着黑光，喘息着，显得比白天更加咄咄逼人。

星星越来越多，许许多多道星光覆盖了天空，令人毛骨悚然。

我没有工作，没有特长，没有能使自己全情投入的爱好，什么都没有。裕志也老说觉得自己能同动物交谈……但是，无论对我们、对任何人，这个美丽的世界都一视同仁地敞开着，无论我们身处何地，自然都是慷慨的，我禁不住这样想道。

走得累了，坐下来，沙滩冷冰冰的。手埋进去，有一种干爽的触感。裕志看样子满脑子想着星星，此刻正仰望着头顶的天，瘦嶙嶙的喉结朝外突着。

涛声静静地回荡，静得可怕，海水缓缓地摇荡着，仿佛溶解过粉状物。

远处隐隐传来音乐声。

"你的大腿挺粗的呢，都陷沙里了。"裕志说。

"要你管!"

"能问你件事吗?"

"问吧。"

"前些时候私奔,你说做了一个可怕的梦,是什么梦?"

我决定稍稍隐去一些内容再对他说。只要裕志还在思念他的父亲,哪怕存在一点点那样的可能性,我就一辈子都不打算告诉他那个梦的全部内容。

"我梦见你死了。梦里出现一所从没见过的房子,里面有很多血。在那房子里面杀人放火都算不得什么,就算白天,人们的心所能见到的也都是黑暗,这样说吧,勉强说来就是白天的情人旅馆的氛围,把它熬干了,浓缩一千倍的感觉,就是那样一个地方。"

"哦。"裕志沉默了。片刻后他说道:"也许那个梦接近正梦呢。我告诉过你我爸已经死了,对吧。那个宗教组织被逼得走投无路,据说跟警方开始着手调查几宗谋杀案有关。我读高中的时候，在打工的地方，认识了好几个了解那种事的朋友，离开那里之后，偶尔也跟他们见见面。有一次应邀参加他们召开的派对，遇到一个人，据说他以前住在加利福尼亚，他的一个朋友就是那个宗教组织的成员。听了那人的讲述，我才知道他们干了非常可恶的事，那虽然是在我们私奔回来之后，但我终于真正明白了你制止我去美国的意义。在那个宗教组织里，教主是女人，而干部……就是我爸，还有其他一些人。教主和干部要在特殊的日子性交，有了孩子，就等婴儿出生后饿死他再由众人分食，他们认为死婴身上藏有一种特殊力量。"

"这是人做的事？不是蜜蜂，也不是鸟类？"我大惊失色道。但我想就算蜜蜂和鸟类也做不出这种事。

"据说教主岁数大了不能生孩子了，就由她女儿生。"

那么，梦中见到的一摊摊血也许不是裕志的，而是那些婴儿的，我想。

"我爸生的孩子只有我活着，所以我想，那边大约至少谈过一回召我入会的事。我爸似乎觉得见见我也不坏。于是发生各种各样的抗争，那时候派来的那个人可能想过牵制我，他好像说过，要是我看起来没什么野心，不妨游说一次试试。这些事现在已经不得而知，可我真的庆幸当时离家出走了。我一直想要亲眼看看那里的情形，所以也许会去一趟。不过还好没去。本来我们就没来往了，不是吗。总之我爸和他的同伙把好几个婴儿杀了吃了，这是千真万确的。我虽然不愿相信，但你做梦那晚恐惧的模样，还有那时候祭坛里找到的骨头，早让我的希望烟消云散了。那骨头其实并不属于我的兄弟，但我想，它多半是我爸妈一起参加那个宗教组织的时候，带回日本的东西。但是不管怎么说，那和我有血缘关系的婴儿，肯定是我在你们家高高兴兴地吃着饭的时候被杀了，被那些灵魂丑恶的人吞吃掉了。他迫不及待地出生了，却被肢解成一块块，血流满地。他饿着肚子，还没来得及真切地体会到降生人世的感觉，就死了。在这个世上，什么事情都可以同时发生，中间差距很大。因此，那些死去的生命会被认为是神圣的，会被那样处理，一定是。所以我那时要把它当成死去的兄弟安葬。我和他们虽然是同根生，虽然没被神圣化，却也没被吃掉，还在日本平安无事地活到现在。"

我回想起那个梦中的那栋黑漆漆的房子，里面阴森恐怖的气息，那是人类经历不道德的兴奋后留下的一种气息。

"他们那样做的目的是什么？"

"说是可以获得特殊力量。据说这样在另外一个世界，在死后的世界，也能拥有强大的力量。告诉我的那家伙说，据他所知，这个教派最恐怖，但在那边类似的宗教各处都有。我刺激过头，都不知道怎么跟你说。"

"那些人真是愚蠢透顶。"

"这种愚蠢的事，他们却极认真地做。想到我的身体中也流着这种人的血，你知道那是什么滋味吗?"

"我只能说不知道。"我回答。

我当真以一种窥探深浅叵测的黑暗的感觉作出思考，想那究竟是怎样的滋味，接着问他："你母亲是怎样的人?"

"不知道，不过她好像会不停地换宗教，现在肯定加入哪里的其他宗教组织了。我只能求老天让她至少不要当那种头号傻瓜。"

"只能这样了。"

一线之差，裕志竟能从那奇妙的命运中逃脱出来，我觉得不可思议。假如他父母把还是婴儿的他带了过去? 假如成人后的裕志去了那里，知道了不该知道的事? 假如他被逼吃了拌在平常晚餐中的人肉? 以他的感受性来说，一定无法维持常态吧。

而且，说不定我们培育的东西比我们所想的更加伟大，我想。我们从想要了解对方全部的念头都没有，逐渐到能睡前聊聊天，到能对彼此大半的缺点睁一只眼闭一只眼，包容以爱。在我和裕志身上，因此从来不曾萌生变成自己以外的东西的、类似憧憬的念头，尽管电视、杂志、广播以及朋友们都要我们变，要我们变得更好。

"你在那样的环境里长大，却没有受影响，真是幸运。"我说。

"我打心底里这样想。何况事到如今只剩下我一个了，对那些事念念不忘也无济于事。就算知道事实真相，就算有负罪感，又怎么样？我可不要像幽灵那样把影子变淡变薄，总之我必须活下去，要不然我真会变得跟个幽灵似的。"

"你以前活得太累啦。"

我虽这么说，但我知道，对这种事，不介意反倒奇怪了。

那些事原本其实和裕志毫无关系，然而却远渡重洋，变成一团滞重的空气，一直在给裕志施加压力。肉眼不可见的东西，既有美好的也有恐怖的，人们决不可能摆脱它们获得自由。

眼前的暗处走过一对新婚夫妻，裕志望着他们黏黏腻腻的样子，笑着说道："我们来了这儿以后还没好好做过爱呢，这可是新婚旅行呀。"

　　"可是，每天玩得挺累呀。"

　　"回家前起码来一次吧。"

　　"不顾吃饭，只管生个乖宝宝?"

　　"相比之下，倒觉得吃饭稀罕多了……好吧，就算那事儿还早，回去先养条狗总行吧。"

　　"如果你愿意，我也高兴。"

　　"虽然只是一条小狗，现在我才惊奇地发现，在我的人生中，奥利弗却是我一生中一个非常重要的存在。你爱它多少，狗必定回报你多少。小时候，我第一次知道了只有奥利弗在用全部的身心肯定我的人生，那成了我任何时候都能活下去的力量。不论在它生前还是死后，它都证明给我看，我活在这个世上不是一件坏事。没有它，我想我小时候不会完全信任你和你家里人，完全不设防的。你们接纳了我让我好不容易活下来；另一方面，我自己的亲人抛弃了我去追求什么，在知道答案之前还模模糊糊的，知道之后，我脑子里就一直一直清清楚楚地浮现出'就在此时此刻也有婴儿死后惨遭分尸'的画面。然而，一旦生活在爷爷和你的保护之下，我开始认为那个惨绝人寰的残酷世界简直就像是电视画面，开始觉得无所谓，觉得它遥远之极，这种感觉讨厌之极，比那种画面更讨厌。就算我觉得遥远了，可它毕竟还是存在的，没有消失过，所以等我到了能称为成人的年纪，每回打算做点什么，它就会在脑海里浮现，夺走我的力量，因为那确实不是杂志或者电影中见到的残酷场景，而是现实中的婴儿，和我流着相同的血。我明知道那种事是存在的，但是却觉得很遥远。这里面绝对有什么东西弄错了，这种感觉老是隐隐约约地裹着我。到了确定人生方向的年纪，这感觉就越发强烈起来，简直就像有两个自己，一个生长在日本，过着平静的生活，没有任何问题；另一个却和父母生死与共，总也感到要为那些人不负责任所造成的可恶空间负责。就这种感觉。我也曾经梦想去亲眼看看那里的情形，然后报告给警方。可在日常生活中，那里又太遥远了，就像裹了层膜的感觉。我只在照片上见过我爸的脸，这样跟陌生人几乎没分别。听说了事件经过之后，从没见过面的父亲死了这种感觉也很淡，反倒很高兴，因为从此以后不会再有人被杀。我讨厌自己一直视若无睹，讨厌自己等着事情无可挽回。那个时候，也是奥利弗的爱让我意识到，爱我的、我爱的，是真加和爷爷所在的世界，只有这个世界才是我的现实世界。"

"对。"

"所以，回去后再养只狗吧，接着一起住在我们家。"

"先说好，我可不要那个摆过祭坛的房间。"

人类的心把形形色色的风景纳入其中，同时又像傍晚的大海一样时时刻刻发生着变化，人类的心总之是棒极了。我们站起来，朝小屋的方向迈开了步子，那里有一排排黄色的温暖的灯光。路上，正当我们对着天空指指点点寻找南十字星时，碰巧遇到另外几个人也在寻找南十字星，于是一群陌生人笑着一起仰望天空寻找起来。找到的真正的南十字星比想象的还要小得多，很可爱，那组成十字的星星一颗一颗像钻石一般闪闪发光。

同别人道过晚安，我们手牵手唱着歌，沿着沙滩走回了小屋。

即使不在一处生活，两人所走的路也是回家的路，两人所在的地方无论哪里都是家。

"海豚真壮观啊。真没想到会有那么多！"

"刚才听大伙说，从那海角上还能看到鲸鱼。"

"原来所谓岛屿当真就是浮在海上的一小块陆地啊。它周围的世界反而那样地巨大，真是想都没想过。要不是站在那样高的地方，也许还真不知道大海是如此地辽阔呢。"

漫无边际、波涛汹涌的灰色大海，我们在俯瞰之下觉得那样恐怖，对于海豚却是嬉戏的场所；同样道理，我们生存的这个宽广得恐怖的世界，里面所有的事情也都波涛暗涌，假如神灵见了，也许就像那样看成微不足道又野蛮的游戏。

众多一个个相似的生命散落各处，按照数量庞大的心思游来游去，进行着形形色色简直没有所谓秩序的活动，或爱，或恨，或杀，或被杀，或孕育，或终结，或生，或死。既有人活了几十年却杀死能够再生小孩的婴儿并且拆吃入腹，也有人从活不了多长的小狗身上获得生存的力量；有的独自走进夜晚的大海企图默默自杀，也有的生命气息粗野，不管从谁的肚子里出来的只管哭喊着长大。在这锅作料很足的生命浓汤中，任何事物无论大小难易，都同时发生。所有这些事，小小院子里大时钟转动指针所记录下的我们营生的全部，假如一直从像那悬崖般极高又平稳的地方审视，恐怕就显得像列队嬉戏于波涛中的海豚那样，滑稽、渺小，然而却强劲有力吧。而我们无论谁，从遥远的远方看的话，也一定如同置身严酷的大海。大海冷酷无情，波涛汹涌，灰色的波涛卷着我们浮浮沉沉，我们在里面游来游去，玩了又玩，不久消失，消融进这个巨大世界的某个角落。

那过程，就像刚才顶着风眺望大海令我们屏住了呼吸一样，无疑有一种无尽的美。

图书在版编目(CIP)数据

蜜月旅行 / (日)吉本芭娜娜著;张唯诚译.
—上海:上海译文出版社,2018.11(2023.5重印)
(吉本芭娜娜作品系列)
ISBN 978 - 7 - 5327 - 7781 - 5

Ⅰ.①蜜… Ⅱ.①吉… ②张… Ⅲ.①中篇小说—日
本—现代 Ⅳ.①I313.45

中国版本图书馆 CIP 数据核字(2018)第 086297 号

HONEY MOON
by Banana YOSHIMOTO
Copyright ⓒ 1997 by Banana Yoshimoto
All rights reserved
Japanese original edition published by CHUOKORON-SHINSHA, INC., Japan
Simplified Chinese translation rights arranged with Banana Yoshimoto through
ZIPANGO, S.L.

图字:09 - 2003 - 350 号

蜜月旅行	[日]吉本芭娜娜 著	出版统筹 赵武平
		责任编辑 刘 玮
ハネムーン	张唯诚 译	装帧设计 尚燕平

上海译文出版社有限公司出版、发行
网址:www.yiwen.com.cn
201101 上海市闵行区号景路159弄B座
江阴市机关印刷服务有限公司印刷

开本 787×1092 1/32 印张 4.5 插页 5 字数 45,000
2018 年 11 月第 1 版 2023 年 5 月第 2 次印刷

ISBN 978 - 7 - 5327 - 7781 - 5/I·4769
定价:45.00 元